一色真理詩集

Isshiki Makoto

JN295510

新・日本現代詩文庫 108

土曜美術社出版販売

新・日本現代詩文庫　108　一色真理詩集　目次

作品

作品

『戦果の無い戦争と水仙色のトーチカ』抄

「寝場所」でなければ「白色嫌い」

僕は　闇黒の　芯で　目覚めて　いた
デラックスな　一級犯収容所は　僕の　意志と
無関係に　消灯する

獄吏の　ひとりが　犬を　飼って　いる
スピッツと　いい　白い　房毛が　鮮かで　ある
いつも　鋭く　吠えたてる
獄吏を　狂的に　愛し　獄吏に　親しむ人を　妬
み　喚き　嘲笑される
時に　雪の　庭を　駆けまわって　足に　泥雪を
つけた儘　通廊を　渡り歩く
僕には　彼《か》の犬が　雪を　喜ぶのが　わからない

夜　雪は　やんだ
寝台に　耳を　つけると　彼《か》の犬の　寝場所より
変な　音が　やってくる
ごぼごぼ　と　水の　洩れるような　声
病的に　這い歩く　擦過音
カーペットを　掻きむしる　響き

犬は　吐いて　いた
いっぱい　雑炊の　真白なのを　床に　撒き　展
べて　いる
犬は　苦しんで　掻きむしり　床を　ころげまわ
って　吐く
その度に　烈しい　音の　波と　白い　内容物が
散乱の　度をたかめる

僕には　視えないが　その　苦悶は　はっきり
している

犬の　寝場所は　通廊の　静寂の　つきあたり
小さな　壁の　凹み
夜は　閉めきられる　ささやかな　一地点
その中で　犬は　苦しむ
苦しんで　転々する
僕には　視えない
ただ　僕には　わかる

又　雪が　降り出した
コンクリの　白い　壁は　永久凍土よりも　冷たく　広がる

『貧しい血筋』抄

七才

夜十時に七つの時計が七つのしかたで少年の耳を刺すと東の空にすばる星がのぼる。七つの薬壜が暗い勝手場の戸棚の中でやさしく少年の歯の赤いただれを思いおこしている。おかあさまは腋臭《わきが》です。少年に返す復習ノートはにおっています。焼け落ちる二階家。焼夷弾が耳から焼いていくと犬は七匹目まで青い灰をおいていった。空襲のあとの夜の雨はむんむんにおいます。坂をあがって松林が死んだみみずをむんむん吐いていた午后のガラス戸を横にはらうとアルコールの饐《す》えている診察室で耳のある金蝿が死んでいた白い丸椅子がおばあさんの小児科医の鏡に写りました。雨の夜には薄い眠りの雨戸のすきからにおい出す暗い便器がふいとかさなってきてすぐ離れると少年のくびれた咽喉《のど》の下で白身《しろみ》のおさかなのようにむき出した肋にさびしい風が鳴って——何を笑ったの？

——注射してもらった左の腕を右の親指のはらが七回おとなしくもみました。もう一本。親指をかたく握りしめたって鏡の中の椅子を割ることはできません。握った指の汗の向う側で注射器の中にまざる血は七匹の犬がいなくなった翌朝の焼け過ぎた空色に濁っていく。ねえ　何を　何を笑ったの？　むんむんにおう復習を君はおとなしく執念深く続けています。君の左の腕に星雲が青白く焼けながらひろがっている。君の血は毎日二本の注射器から生まれたんだ。君のわずかな肉づきは背骨は皮は皮の上の荒い毛は爪は……巨大な青痣《あざ》は君がいなくなる朝まで暗い空をのぼり続けるでしょう。におっているのは勝手場の土間に君の白い犬が吐いているからだ。せまい土間でこのごろ君の犬は毎晩のように吐く。犬の胃がさざなみだつと君の剝《む》けた舌が渇きにふるえ出し赤い歯の爛《ただ》れが見える。何を笑ったの？　犬は耳をたてたまま七回ころぶ。七度目に起きあがる。あ　また吐いた。君の頭の中の暗い土間で白いものがにおい出した。おばあさんのお医者様のむくんだ掌の裏のように白いものがなまあたたかく積みあがりふいと崩れかかる。まだ夢見てはいけません。音が消えて土間の灯がつく。おかあさまが入っていらっしゃったのです。君は静かに復習をしている。夜十時に七つの時計が七つのしかたで少年の耳を刺しおわった。おかあさまは透明な細過ぎるコップに鋭くお水をみたしぬらつく盆の上では七つの薬壜から七つの色がにおっている。何を笑ったの？　君は答えられない。君のにおう夢がもう薄い雨戸の上に来ている。青白く焼けながら暗い空をのぼっている七匹の犬は静かに静かに吐いています。

町

私は　彼を　少しずつ　忘れてゆく。　消しゴムで　自画像を　消していった　彼の姿を　最後に忘れる。　まず　首　そして　肩から胸へ　腰と足が　見えなくなり　最後に　落ちていた　涙の痕まで　すっかり　消えてしまった。

彼は　私を　少しずつ　思い出す。　鉛筆で　まず　足の線をひき　腰のあたりから　胸までをゆっくりと描き　最後に　うなだれた頭を　重そうに　のせる。　私は　うつむいたまま　ふくみ笑いしている。

この町へ　あの男が　さまよってくる。　女の名を　呼ぶ。　広場には　おびただしい　消しゴムの粉が　散っている。　昨日　馬鹿でかい落書を　消したのですよ。　あなたの立っているあたりが　口もとで　名前を　呼んでいたのです。そうですか。　でも　もう　すっかり　忘れてしまったのですね。

夜

ほぐれない結び目の解きかたをみつけようとしてとおした針で君の指先を刺してしまった

操車場の闇の中から時おり聞えてくる
転轍機をいれかえる鋭い物音が
窓の下で不安の高さだけ立ちあがった

あわい霜柱をふっと崩してしまう

あおざめて展開する入り組んだおびただしいレール
その見えない一点で一瞬さりげなく断ちきられ
あるいはつながれるもの

たった今
血の色に研《と》がれた新月の傷口をみせて
断ちきられたもの

僕はふいに大声で話し出す
その時
君の夜の色の衣服の裏で新月のかたちに裂けた
おびただしい傷口が
細い血の色の糸をいっせいに吐き出しはじめる
あくびをするしぐさで君は唇に手をあてる
思わず傷口をかばう手のしぐさで
僕は君をまねる

*

私は　あなたに声をかけられても　うまく返事をすることができませんでした。　あなたは私を笑った。　私はいつも言葉につまった。　私は日ましに言葉を失っていきました。　日ましに話そうとしてつまるようになりました。　あなたは　ますます私に話させようとします。　そのたびに私は大きな眼をじいいっとみひらいて　話す言葉をなくしていきました。　そうして　ある日　あなたは私が言葉をみんななくしたことに気づいた。あなたは私と向いあって静かに坐り　私の帰りを待っていました。　私は　どこへ行ったのですか？　あなたは私が隠れている場所を知っているような気がしました。 でも あなたは その場所について話そうとするとつまった。 うまく返事ができませんでした。 私がその場所へ隠れてから あなたは大きな眼をみひらいたまま じっと私に向きあって坐っている自分に気づくようになりました。 ねえ 私はどこへ行ったの? あなたは ますます大きな眼でみつめあい ますます答えることができないのです。

『純粋病』抄

ぼく

その家の戸は歯をくいしばっていた。

「けっして叫ぶまい!」

大きな窓にはブラインドがおろされていた。

「けっして泣くまい!」

ぼくが戻り、戸の鍵をあけたとたん
その家は大声で叫び始める。
ぼくが窓をあけると
その家は涙を流し始める。

ぼくは
この家の主人だ。

文字

そんな文字は見たことがない。間違いでしょう。

でも、これが私の名前。

と、その人はいって、私に、その文字を教えた。

ひと筆書きで書けるのです。と、私の手をとって。

ある日、その人のことを思い出し、私は初めてペンをとった。

だが、どうしたのだろう？　ひと筆書きの文字は、いつまでたっても書き終わらない。

私は、その人の名前をただひとつ書き記すために、もう幾十年紙の上に、止まらなくなったペンを動かしている。

左ききの男

左ききの男は、左手でしかものを書くことができない。彼の右胸にある心臓は、いつも激しく動悸している。

「不安だ。ぼくのやることは、みんなとそっくりでも少し違う。まったく同じようだが、何もかも反対だ。」

左ききの男は、誰にでも似ている。誰もが彼の前に立つと、鏡に向きあったような気がして、呟くのだ。

「不安だ。ぼくのやることは……」と。

逆立ちする人

逆立ちする人は、何も持たない人だ。ポケットにさえ、何かを入れておくわけにはいかない。

逆立ちする人は、たえず大きくなる苦しみのために、眼をとじている。かつて、さかさまに見た世界は、吐きけを催すほど、彼を嫌悪させた。

＊

逆立ちする人は疲れた。彼は動揺し、自分が傾いていくのを感じる。そして、ついに倒れる。彼はもう逆立ちする人ではない。

逆立ちをしていない人々のうちのひとりだ。

原稿用紙

きみにとって書くことは戦いか？　最後の大きな戦闘が終った後枡目の有刺鉄線にぶらさがるのは、きみの書いた文字だ。傷つききみに見棄てられたひとりの兵士は、そこで長い間苦しみ続ける。

＊

訂正に赤インクを使うのはよくない。一度手についた血の色は、なかなか落ちないから。

＊

次の頁をめくっても
そこも格子のはまった牢獄。

顔

別れる時、片目の画家が話してくれた。

「私は子供の頃、誰かの眼のような窓から落ちて眼にけがをした。」

「それ以来、私のどんな絵の中でも、世界は半分しか輝かない。」

「見えない半分は存在しないと信じることさえできたら！」

片目の画家は黄昏の光の中で、誰かの眼のような窓をしめた。その家の壁は、苦しんでいる大きな人の顔に見えた。

妻

「樹も石も花も、二枚の紙を貼りあわせて作りました。もちろん人も。

二枚の紙の内側には、すべての答が書いてあります。」

妻はできあがったばかりの箱庭を私に示して、そういった。

私はそれ以上問うのをやめた。

＊

その夜、私は暗闇の中で、妻の箱庭から激しい息づかいが聞こえてくるのに眼をさました。

駈け寄ってみると、紙でできた私が紙でできた妻の身体を懸命におしひらこうとしているのだった。

あの昼間の問いの答がただひとつ欲しいばかりに。

心

ぼくらの教室には、入学以来ひとことも口をきかぬ男の子がいた。ぼくらは彼を嘲笑し、さかんにはやしたてた。でも、彼は表情ひとつ変えず、ぼくらの石つぶてのような言葉をのみこんでしまった。彼の沈黙はまるで底なしの穴だ。彼の名前は〈心〉だった。

〈心〉にだって、手や足はある。〈心〉の腕はいつも何かにさわりたがり、足はどこかへ歩いて行きたがる。授業中にも、〈心〉はふいと立ち上がり、あっけにとられたぼくらをしりめに、教室から出て行ってしまうことがある。(誰に〈心〉の行き先がわかるだろう?)

ぼくらは〈心〉が何をしたいと思っているのか、まだ、言葉では説明できない。でも、ぼくらの〈心〉を見る眼はだんだん違ってきた。

教室で〈心〉は一度も手をあげなかった。答はいつだって、わかりきっていたのに。そして、ぼくらがまちがえた答を平然と口にするとき、〈心〉は苦しんでいる人の顔になった。

〈心〉はある日、学校へ来なくなった。先生は、〈心〉は病気だと言った。それから一年たっても、〈心〉は戻ってこなかった。〈心〉はなおらない病気なのだ、と先生は言った。生まれたときから、ずっとずっと病気だったのだ。

「〈心〉のことは忘れなさい。〈心〉の話をしてはいけません」と先生は言った。

ぼくらは〈心〉の住所を調べ、お見舞に行った。玄関のブザーを押すとドアがあいて、〈心〉によくにたきれいなおかあさんが、ぼくらを迎えてくれた。

「よく来てくださいましたね。〈心〉は奥の部屋で休んでいますよ」

長い廊下の向こうの暗い部屋で、白い椅子にかけている〈心〉と、ぼくらは会った。「やあ、〈心〉。久しぶりだね。ぼくたち心配して、お見舞に来たんだ。いつ学校へ戻れるんだい？」

〈心〉は何も言わなかった。いつものように、苦しんでいる人の顔をして、眼も口もかたく閉じていた。そして、答はぼくらにも最初からわかっていたのだ。

二年たって、ぼくらはまだ〈心〉のことを忘れていなかった。でも、お見舞に行く仲間はひとり減り、ふたり減り……三年たって、〈心〉のことを覚えていたのは、もうぼくひとりだった。その日、ぼくはやっぱりお見舞の花束を持って、ひとりで〈心〉の家に向かった。

〈心〉の家のブザーを押すと、おかあさんがドアをあけた。それは、ぼくのおかあさんだった。そして、暗い部屋へぼくは入った。白い椅子にぼくは腰をおろした。

ぼくはそれから、ひとことも口をきかない。何かを訊ねられると、ぼくは苦しんでいる人の顔になる。

先生は「〈心〉のことは忘れなさい」と、今日も友達に告げているのだろうか。

豚

鶏を殺して、彼に食べさせた。

彼は少しふとった。

豚を殺して、彼に食べさせた。

彼はさらにふとった。

牛を殺して、彼に食べさせた。

彼は非常にふとった。

もう何も食べるものはない、と、私は彼に言った。

翌朝、彼は死んだ。

私はひとりになった。
私は少しふとった。

雲

小さな雲が海の上に捨てられていた。
さみしくて、雲は泣いた。
泣いていると、少しずつ姿が消えて
雨になって、海に落ちた。

それから、雲を捨てた人が戻ってきて
雲を呼んだけれど
雲はどこにもいません。

『夢の燃えがら』抄

月

自転車に乗せて運んでいて、転んでしまったんだ。
そこへ後から自動車が突っ込んできたから、もう
おしまいさ。ばらばらになって、道路いっぱいに
散らばってしまって……。ひろい集めてはみたけ
れど、どうしてももとの形に戻らない。しかたが
ないので、そのまま棄てて帰ったんだ。

(十五夜になったらもとの形に戻ると、姉さんは
言ってくれたけど)

市場へ行って、もうひとつ買おうと思ったのに、
売っていなかった

月見草

私の家の庭に一本の月見草が咲いた。月見草は私に、毎晩そばにいて、自分が叫んだら、その言葉を書きとめてくれるよう、頼んだ。

一日目
「今夜は糸のように細い私が空にいます。」

三日目
「少しずつ私自身が見えるようになりました。」

十五日目
「今夜、私は自分を全部見ることができます。」

十七日目
「また、私はどんどん自分を見失っていきます。」

二十八日目
「今夜、私は一晩中眠らないで空を捜しましたが、私はどこにもいません。」

一滴の水

恋人を棄てて旅に出た探検家が
砂漠の中で
〈一滴の水〉になった恋人の
夢を見ています。

＊

「たまらなく私が恋しい？
でも、もう私を捜してもむだです。
私は砂漠の中には入れないから。
だから、もうすぐあなたは死ぬでしょう。
さようなら。」

囚人

地面の下にとらえられている、あの人たちのことを考えたことがありますか？　ある日突然、泣き叫びながら地面の下に連れ去られて以来、けっして地上には戻されることのない、あの人たちのことです。

あの人たちは時々、地面に走る糸のように細い割れ目の奥から、黒山のように蟻のたかった紙きれを、そっと地上にさしだすことがあります。自分の運命について書いたその手紙を、必ず誰かが読んでくれると、かたく信じているのに違いありません。

けれど、文字の形をした蟻たちは、地上に出るとすぐに紙の上から逃げ出していきます。手紙はたちまち、何も書かれていないただの真白な紙きれに戻ってしまうから、あの人たちの心はけっして誰にも伝わることがないのです。

それでも毎日毎日、あの人たちはあきらめることなく地上へと手紙をさしだし続けます。だから、地面の上はうごめきまわるおびただしい黒い文字で、すぐにいっぱいになってしまいます。

もしも地面に、蟻が湧き出るように群がっている割れ目を見つけたら、どうかあの人たちのことを思い出してやってください。そこにも、あなたによく似た、あの人たちの内のひとりがとらえられていて、もうけっして地上に戻ることができないのです。

それに、あなた自身、いつかあの人たちのようにとらえられることがないと、断言できるのですか。あの人たちのように、誰にも読まれることのない手紙を毎日毎日書くことだけが、生きている唯一つの意味になる――そんな日がやってくるはずがないと？

サイレン

ぼくのクラスに、いつもいじめられてばかりいる子どもがいた。その子は、入学以来ひとことも口をきかない子だ。

消防車が大好きで、いつも火事の絵ばかり、ひとりで描いている。

どんなにいじめられても「たすけて」と言ったことがない。なぐられて鼻血を出しても、シャツやズボンがずたずたに破れても。

その子のあだ名はサイレン。

ぼくはその子の家の前を何度も通りかかったことがある。白くて小さな家だった。

まん前に火災報知器の高い柱が立っていて、その上に真赤に塗られた大きなサイレンがついていた。

黙っているサイレンは、誰かの大きなのどに似ていた。

*

ぼくはあの日、それが悲鳴をあげるのを遠くから何度も聞いたのだ。けれど、ぼくは助けに行ってあげることができなかった。

あの、いつも黙ったままのサイレンが、あんなふうに大声で叫び出すことがあるなんて。ぼくにはとても信じられないことだった。

町のあちこちで家が燃えていた。そのそばで夢中になって火事の絵を描いている子どもを何人もの人が見かけて、おまわりさんに知らせた。

「たすけて、たすけて、たすけて」とサイレンは叫んだのだろうか。あのとき。

*

その日から、ぼくのクラスのなかまは、いじめる相手を永遠に失ってしまったのだ。

ぼくたちはそれ以来、あの子の住んでいた白い家の前に、なんとなく集まってしまうことがよくある。

いつのまにか、火災報知器の上の鼻血を出したような赤いサイレンは取り外されてしまっていた。

サイレンはきっと、遠い町の鉄格子のある部屋に、外から鍵をかけられてとじこめられてしまったのだ。

ポケットの中のマッチは一本残らず、取り上げられてしまっただろう。もちろん、そこから火事の絵を描きに行きたくても、出してもらえないのだ。
そして、「たすけて、たすけて、たすけて」とサイレンが叫んだとしても、ぼくたちの耳にはもうけっして聞こえないだろう。

いいにおい

赤い自転車に乗ったきみと
はじめてすれちがったとき
きみのあとからほんの少しおくれて
いいにおいの風が通り過ぎていった。

とたんにぼくは
きみが好きになった。
——ぼくの〈いいにおい〉。

みんなはぼくに言った。
そいつは
だれとも話をしない。
だれとも遊ばない。
なにをしてもいつも
ひとりだけおくれてしまう。
自分をぜったい鳥だと思いこんで
目をはなすと
すぐ高いところから飛びたがる。
そいつは
きちがい。
うすのろ。
みんなのとってもきらいな

――ぼくの〈いいにおい〉。

最後にきみを見たとき
きみは地面の上に
赤いぼろきれのように倒れていた。

ぼくらの街にある
一番高い塔のてっぺんから
きみが落ちたと
みんなはぼくに言った。
きっと
きみが地面に激突してから
ほんの少しおくれて
きみのいいにおいが
地上におりてきたんだろう。

それからみんなは急に
きみが好きになったみたいだ。
きみの写真が新聞にのったし
先生やＰＴＡの会長さんが
「純真なよい子でした」
と言ったりした。

いつも少しだけおくれてやってくる
――ぼくらの〈いいにおい〉。

『真夜中の太陽』抄

学校

夜になると、ぼくらは起きて、学校へ行った。

学校は風の吹く広い野原にあった。草の上にぼくらはいつものびのびと寝そべって、勉強した。その方が夜空の黒板がよく見わたせたからだ。

ぼくらの先生は闇のマントを着て、白い雲のような髭をはやしていた。先生は星のチョークを黒板に走らせては、さまざまな知識をぼくらに教えてくれた。

秋の終りが間近い頃、先生はぼくらに卒業試験の問題を出した。
「秋について、考えたことを発表してください。」

かえでの葉の答はこうだった。
「秋になると、わたしは
誰にも言えない秘密を持ってしまうから
顔がひとりでに赤くなります。
どこまで逃げても
わたしの赤い顔が水鏡に映ります。」

肢が一本もげた精霊バッタの答はこうだ。
「世界は喜びの楽章と悲しみの楽章とが
交互に繰返す大きな交響楽です。
わたしは喜びを感じることが得意。
でも、悲しみを感じるのは苦手です。
秋になると、わたしは次の楽章が始まる前に
席を立つ準備をします。」

そして、次の夜には、ふたりとももう学校へは来なかった。とうとう、生徒はぼくひとりになってしまった。ぼくは大声で叫び出しそうになるのをこらえながら、ぼくの答案を仕上げるために懸命に勉強した。先生が新しい知識を夜空の黒板に書くたびに、白いチョークの粉が星が降るように、ぼくの顔にも身体にも降りそそいだ。ぼくの全身が夜光塗料をまぶしたように光り出した頃、ようやくぼくは答案を完成した。

「死んでいく生き物の流す血で
山も野原も真赤に染まります。
それが秋です。」

先生はうなずくと、ぼくを広場のまんなかに枝をひろげている、ナイーブの木の下へ連れていった。

たったひとつだけ残っていたナイーブの実は、炎の色に熟して輝いていた。それはまるで、真夜中に輝くもうひとつの太陽だった。ぼくはその実をもいで、口に含んだ。

それがぼくの卒業式だった。翌朝、ぼくは死んだカブトムシとして、蟻の群に黒い穴までひかれていった。

みみず

みみずを見ると、きまって吐きたくなった。

地面の下で泥を食べて生きているみみずは、ぼくのようだと思ったものだ。あの頃、ぼくは身も心も人並以上にひよわで、いつも群からはなれてひとり、暗いところ、さびしいところばかりを捜し、そこにじっとうずくまっているだけだったから。みみずは、土から出て太陽の光に長い間当たっていると、からだがかわいて死んでしまう。

うちの裏庭のひとすみに一匹、並外れて大きなみみずが棲んでいた。そいつのいる場所は、土がいつも黒い塊となって盛り上がっているので、よくわかる。地面の中でも一番すぐれた肥えた土のあるところだと、おとなたちが言っていた場所。そこは太陽の光のけっして届くことのない、真の闇の支配する場所。にもかかわらず、とても豊かでうるおっている、すばらしい場所なのだ。ぼくは小さな熊手で黒々と盛り上がった土の山をかきくずし、その下にひそんでいるみみずをあばきだしては、一日中、笑い声をたてながら、真っ白に泡立つぼくの内部を吐き続けた。

みみずをどうしてもみつけられない日は、一日中ふさぎこんだ。不安で、翌朝まで床につくことができなかった。ぼくはぼくなのに、そのぼくがどこへ行ってしまったのか、自分でわからなくなってしまうのだ。ぼくをみつけられない、ぼくでないぼくは、吐くことも笑うこともできない。真夜中にも眼をとじて休むことを禁じられた、青い顔のゴム人形でしかない。

みみずをみつけることのできない日が何日も続いたあと、ぼくはとても気が立っていた。その日、ぼくは裏庭の地面をやみくもに熊手で引っかいて回った。一時間ほどしたときだ。ぼくの熊手は奇妙な手ごたえを感じた。ぞっと全身を悪寒が走り過ぎた。ぼくの声が悲鳴をあげているのを、ぼくの耳はかすかに聞いた。ぼくはおそるおそる自分の足もとを見た。思った通りだった。ぼくのみみずが赤銅色の、ぼくの親指ほどもある太い胴体の真ん中から、まっぷたつに断ち切られて長々とのびていた。ぼくは気づかずに、自分で自分の始末をつけてしまったのだ。

けれど、そう思ったのはまちがいだった。みみずはすぐに動き出した。ただ、今まで一匹だったやつが、今では二匹に分裂していた。頭としっぽと、ふたつながら別々の少し短いみみずになって、見るまに地面の別々の場所へ、いっさんに穴を掘ってもぐりこんでいったのだ。真っ暗な、自己分裂のはてしない深淵の中へ。

その日から、みみずは一度もぼくの裏庭に現れない。ぼくがぼくの内部を、真っ白な泡立ちとして吐くことも、もう二度となくなった。しばらくの間、おとなたちはにこにこして、ぼくのからだが健康になったと、口々にほめそやしてくれた。

だが、それ以来、ぼくの裏庭にはどんな花も木も草も育たなくなった。そこは貧しく、荒れはてた、うつろで、むなしい世界になってしまった。

ぼくはおとなたちに宣言した。ぼくはもう裏庭の見える子ども部屋から一歩も外に出ないことに決めたと。なぜなら、ぼくは暗くてさびしい、太陽の光の届かない場所でなければ生きることができないのだから。

今では、ぼくの部屋の窓には鉄格子がはめられ、戸口には鎖のついた厳重な錠がおろされている。(ぼくがおとなたちに、そうしてくれと頼んだのだ)

それでも、やっぱり……

ここは豊かで、うるおった、楽しい場所だよ。

爪宇宙

古いノートが一冊見つかった。表紙にはへたな字で「爪宇宙」と書かれている。文字が書かれているのは最初の二ページだけで、あとは白紙のままだ。

一ページ目にはこう書かれている。

「爪を切ったら、三日月がいっぱい空に出た。」

これは一行詩のつもりなのだろうか。爪を爪切りでパチンと切ると、切れた爪のかけらが三日月の形に似ている。そういうことを言っているのではないかと思う。それとも、爪を切っていたら、本当に空に三日月がいっぱい出たというのだろうか。

一体、私はどんな世界で、このノートを書き始めたというのだ。

＊

このノートを書き始めたいきさつが、急に記憶によみがえってきた。そうだ。このノートは、未知の世界の探検ノートにするつもりだったのだ。

爪をじいっと見ていると、その半透明でミルク色をした爪が、どこかここことは違う別の世界とこの世界とをへだてている、一枚のすりガラスのドアだという気がしてくる。そのガラスのドアを破りさえすれば、だれもまだ見たことのない別の世界への入口がひらけるのではないかと。

そして実際、それはそのまま本当の話なのだ。

もちろん、別の世界といっても、宇宙のはての別の惑星へ行けるわけじゃない。異次元というのとも、ちょっと違う。

たとえば、ここに袋があるとする。袋には内側になっている部分と、外側とがある。この袋の口のところから手をつっこんで、袋の底をつまみ、それを口からひっぱり出したとしたら、どうなるか。

この場合、さっきまで袋の内側つまり裏だった部分が表になり、表だった部分が裏になるだろう。

つまり、袋は裏返されたのだ。

同じことである。指の爪をはがすと、そこから私たちのからだは裏返ってしまうのだ。そして、私は私のからだの内側に隠されていた、もうひとつの別の世界——裏の世界に行くことができる。しかも、私達のからだの内側に隠れている世界は、ひとつだけではない。ちょうど、両手両足の爪の数だけ——つまり、二〇の別の世界——異世界があることになる。

このノートは、その二〇の異世界を次々に探検して、そこで私の見たものをなんでも記録するつもりで、用意したのだ。

＊

あの日、私はペンチを金物屋から買ってきて、探検に行く準備を整えた。準備といっても、右手に持ったペンチで、左手の爪をどれか、えいっとはがしてしまえば、すむことだ。そして、実際、私はそうしたのだった。

「左手のおやゆびの爪をはがした。すごい夕焼けだった。」

ノートの二ページ目には、こう書かれているだけだ。それからあとは、白紙である。

おそらく私は、左手のおやゆびの爪をようやくはがしてはみたものの、そのあまりの激痛にほとんど気を失わんばかりになったことだろう。そして、二〇の異世界をひとつひとつ探検しようという計画を、早々に中止してしまったのに違いない。

すごい夕焼けとは、爪をはがしたときのおびただしい出血のことだろう。それとも、爪をはがしたら、その向こうに、本当に燃えるような夕焼けがひろがっていたというのか。まさか、そんなことが……。

＊

いや、実際、私はあの日、燃えるような夕焼け空の彼方へ落ちていったのだった。正確には落ちてきたというべきかもしれないが。

そうだ。私はあの日、爪の向こう側の裏の世界から、この表の世界に落ちてきた人間なのだ。

今では、私はこれ以上、二つ目、三つ目の異世界へ出かけてみようとは、もはや思わない。だが、私は私の爪の中に隠されていたひとつ目の異世界にだけは、確かに行ってきた。いや、来たのだ。

こうして、この世界へ。

私がこの世界にいて、どこか奇妙に見えるところがあるとしても、それを笑ったり、非難したりするのはやめてほしい。

私から見れば、奇妙で、胸が悪くなるほどおかしいのは、きみたちの方なのだから。

向こう側の世界がどんな世界だったか、ひとつだけ、はっきりと思い出せるようになったことがある。

そこでは、夜になると、爪切りで切った爪のかけらのような三日月が、空一面、ばらまかれたように、いっぱい出るのだ。

真夜中の太陽

太陽は朝とともに昇り、夕方に沈んでいく。だが、かつては真夜中に昇り、朝まだきに沈んでいく、もうひとつの太陽がこの世界にもあったのだ。真夜中に昇る太陽の明るさは、昼間の太陽の十倍、いや百倍とも千倍ともいわれている。真夜中の太陽の光に照らされるや、地上に存在するすべての真実でないもの、美しくないもの、正しくないものは、瞬時にして焼け焦げ、消え失せてしまうのだった。

真夜中の太陽の昇る頃、真理をもとめる学者や美を追う芸術家、それに正義を見出そうとつとめる司法官といった人々が、一斉に屋外にさまよい出る。彼等はたった今自分の発見した真理や、できあがったばかりの壮麗な詩句、非の打ちどころもなく組み立てられた判決文等を山のように積み上げる場所をもとめて、日当りのよい丘の斜面へと殺到する。そして彼等はかたずをのんで、真夜中の太陽が昇るのを待ち受けたものだ。しかし彼等の積み上げたものが朝までその存在をまっとうしたためしは、一度だってない。それらは彼等の眼の前で真夜中の太陽の光を浴びて、たちまち燃えつきていくものばかりだったからだ。

ある夜、ひと組の恋人どうしが手をとりあって、丘の斜面を登っていったことがあった。ふたりは誰の眼にも真実に愛し合っている、美しい恋人どうしに見えた。真夜中の太陽がふたりの頭上をゆっくりと通り過ぎる間、ふたりはうっとりと眼を閉じ、熱い抱擁に身をまかせていた。翌朝、ふたりは登ったときと同様に元気よく、丘をくだってきた。だが、ふたりはもう手をとりあってはいなかった。彼等の愛は真夜中の太陽の光にさらされるやいなや、たちまちあとかたもなくふたりの心から消え去ってしまっていたのだった。

人々はしだいに、真夜中の太陽を呪わしく思うようになった。真夜中の太陽はすべての欺瞞や見せかけを容赦しなかったから、人々が昨日まで信じてきた真実なもの、美しいもの、正しいものも、今日にはあっさりとその存在を否定されることになる。あとにのこされるのは、たまらなくつらくむなしい日々のくらしの、なんのへんてつもない繰返しばかりだった。一体、こんなものが真実なもの、正しいもの、美しいものなのだろうか。人々は深い疑いの中に落ちていった。

いや、疑いにとらえられたのは人々だけではなかった。真夜中の太陽自身が、自分に対する不信の気持でいてもたってもいられなくなってしまったのだ。自分がしてきたことは、もしかしたらすべて完璧な過ちではなかったろうか。自分は世界から幸福を奪い去り、人々を破滅へと追いやってきたに過ぎないのに、それを自分の純粋さ、誠実さと見誤ってきたのではないだろうかと。

自信を失った真夜中の太陽の輝きは、眼に見えて衰えていった。そして少しずつ、その輝きに打たれても消えずに残る真実や美や正義が生じるようになった。人々は狂喜したものだ。とうとう永遠の真理が至上の美が絶対の正義が我がものになったと、彼等は考えたのだ。真夜中の太陽が人々に神のように崇められるようになるまでに、時間はかからなかった。真夜中の太陽は自責の念にさいなまれながらも、それでも少しずつ自信をとりもどしていった。自分は確かに人々の役に立つ存在になったのだと、今では容易に信じることができたからだ。

だが、ある夜、ふいに破滅が訪れた。ひとりの詩人がうっかり一枚の手鏡を庭先に置き忘れたまま、寝入ってしまったのだ。真夜中の太陽はなんの疑いも抱かずに、詩人の置き忘れた鏡の上にさしかかった。その瞬間だった。鏡は真夜中の太陽を全身で受けとめると、ためらわずそれを真夜中の太陽めがけ、はっしとばかりに投げかえしたのだ。あっと叫ぶ間もなかった。真夜中の太陽は一瞬にして消え失せていた。そうなのだ。今では真夜中の太陽自身が、自らの光に耐えられぬいつわりの存在になりさがってしまっていたのだった。

それ以来、真夜中に昇る太陽は永遠に存在しなくなってしまった。だが、真理や美や正義をもとめて苦しむ学者や芸術家、司法官の中には、今でも真夜中の太陽が昇ることを信じて、夜中めざめていようとする人々がいる。彼等は昔ながらの習慣を、どうしても棄てきることができないのだ。

真夜中の太陽が昇らなくなってから、世界中はいつわりとみにくさと悪とで、いつもみちあふれるようになった。当然なことだ。真実でないもの、美しくないもの、正しくないものを一瞬にして地上から消し去る力をもったものが、もはや世界には存在しなくなってしまったのだから。

ところで、言うまでもないことかもしれないが、真夜中の庭先にうっかり手鏡を出し忘れておいた愚かな詩人とは、この私自身のことだ。人々は私を石で打ち、顔に唾をさんざん吐きかけた上で、私を世界の外へと永遠に追放してしまった。私の愚かさは人々のうぬぼれとくらべて、はたしてそんなにも罪にあたいするものなのだろうか。

負けおしみと聞こえるかもしれないが、今では私は私の運命を結構楽しんでさえいる。世界の外のこののっぺりとした何もない場所では、私は生きるべきか死ぬべきかなどと、無用な問いに頭を悩ます必要がない。私はここでは、生きることも死ぬことも禁じられている。したがって私は、何が真実であり何がいつわりであるのか、何が美しく何がみにくいか、また、何が正義で何が悪なのかと思いまどって、死ぬほどに苦しんだりしなくてよいのだ。

私はもう二度と、人々の住む、太陽がひとつしかないかたわの世界へなど、戻りたいと願うことすらないだろう。

暗号解読手

ほとんど世界の涯といってもいい、行きどまりの場所に、忘れられたように存在しているKanaという小さな町を、知っているだろうか。この町が人々の（あなたがたの）記憶の中に、今なお僅かでも痕跡をとどめているとしたら、多分それはこの町のはずれに、世界でただひとつの暗号解読所が活動しているという事実のためだ。そしてそこでは、世界でただひとり残された最後の暗号解読手が、今なお黙々と仕事を続けているはずなのだ。

もっとも、実をいえば、この町の住人たちでさえ、暗号解読手がまだ解読できない暗号の山に埋もれて仕事をするところを見た者はひとりもいない。第一、暗号解読所が一体どこに存在するものなのか、その正確な場所を言い当てられる者さえひとりもいない始末なのだ。なぜなら、暗号解読所がその活動を開始するのは、決まってすべての住人たちが寝静まったあとの、真夜中過ぎのことであるから。暗号とは、そんな深夜にしか送られてくるはずのないものなのだから、やむをえないではないか（と住人たちは言う）。毎夜、町中のすべての燈が消され、住人たちがそれぞれの屋根の下でそれぞれの夢を見始めるやいなや、町はずれのどこかで、暗号解読所の窓にひときわ明るい燈がともる。それは朝まで夜を徹して、真夜中の太陽のように輝きわたるのだ（と彼等は想像する）。暗号解読手とは、そうやって、他の人々の夢見ている間めざめていて、他の人々のめざめている間夢見ている、常に人々とさかさまに生きることしかできない者のことなのだ（と彼等は固く信じている）。

（住人たちの言いつたえによれば）暗号は深夜、暗号解読手の手に握られたペンの先からひとりでに紙の上に書き記されるのだという。たとえばそれは『猫はその夜、自分が地面に星の数だけ影をひいているのを、いつまでもうっとりと眺めていた』という意味不明の章句の断片であったり、『真昼の夢・真夜中の太陽』という一対になった奇妙な言葉であったり、『夢の色は真昼の□□よりもあおく、夢の匂いは真夜中の□□よりもあまい』という虫食いのように欠落した部分を持つ未完成の修辞であったりするという。（また、別の住人たちの物語によれば）暗号はやはり深夜に、たとえばひとりの少女の言葉となって、暗号解読手の胸に突き刺さるのだという。『今夜は頭が痛いので行けません。ごめんなさいね。』『あなたの顔を見ていると、いらいらするわ。』『これでおしまいよ。さようなら！』……なぜ？……なぜ？……なぜ？……

その意味を解かなければならない。夜が明けきるまでに、すべての暗号を解読し終えなければならない。さもなければ（と住人たちはささやき合う）、暗号解読手は処罰を免れることができない。そうだ。処罰はある日、ふいに予告なしに下されるだろう（と彼等は噂し合う）。暗号解読手はその日もいつものように夜明けに、深夜の苛酷な労働で疲労しきった身体を、固い自分のベッドへ横たえる。そしてそのまま彼の身体は硬直を始め、もうけっしてめざめることがない。彼は永久に続く真昼の夢の中へと追放され、二度とその流刑から解かれることはないのだ（と彼等は結論する）。

いや、暗号解読手にある日、永遠の眠りが訪れるとしても、それが処罰でなどあるはずがない（と別の住人たちは反論する）。それは暗号解読手のたゆみない労働と功績に対して与えられる最高の栄誉であり、報酬なのだ（と彼等は主張する）。なぜなら、もう二度とめざめることなく、永久に続く真昼の夢の中に安らぎ続けることこそ、暗号解読手がこれまでひたすら願いもとめ、渇望してきたものにほかならないのだから（と彼等は断定する）。

いや、そうではないのだ（と、さらに第三の仮説を説く住人たちが存在する）。既に何年も何十年も、あるいはことによるともう何世紀にもわたって、暗号解読手は処罰または報酬としての眠りの内にあるのではないだろうか（と彼等は推論する）。考えてみるがいい。真夜中に、この町はずれのどこかに存在するという暗号解読所の窓にあかあかと燈がともるのを、我々の誰ひとり見たことがないというのはなぜか。暗号解読手がまだ解読できない山のような暗号に埋もれて仕事をするのを、誰もまだこの眼で見たことがないという事実は、なにを意味するのか（と彼等は議論する）。

いやいや、それもこれも違っている。暗号解読所も暗号解読手も伝説に過ぎず、最初から存在などしなかったのだ（と、最も懐疑的な意見を述べるのは第四のグループの住人たちだ）。我々の世界にかつて暗号と呼ばれるに値いするものが――その言葉の最も正確な意味において――存在したためしがあっただろうか（と彼等は疑問をなげかける）。仮に百歩譲って、暗号がこの世界に存在するとしたにせよ、古来我々の町に伝えられてきた諺に言うではないか。『知らないことは知らないことだ。わからないことはわからないことだ』と。所詮、世界の隠された意味――そんなものが存在すると仮定しての話だが――を読み解こうとすることほど、愚かで、甚しい徒労はありはしない（と彼等はすべての論争に終止符を打つ）。

だが、真実はそれらのいずれにもない。なぜ、私にそう言いきることが許されるのかというなら、この私こそ、世界にただひとり残された、最後の暗号解読手にほかならないからだ。本当のことを言おう。暗号は、真夜中に私の手に握られたペンの先から、ひとりでに紙の上に書き記されるのでもなければ、ひとりの少女の言葉となって、私の胸に突き刺さってくるのでもない。暗号は最初からそこにあった。

そうだ。こうやって世界にただひとり存在する最後の暗号解読手である私自身こそが、暗号なのだ。そして、私に課された任務とは（それを私に課したのが何者なのかということさえ、私はまだ解き明かしていないのだが）世界にただひとつ残されたこの最後の暗号の意味を、あますことなく読み解くことなのだ。その任務を終えるまでは、いかなる処罰も報酬も、私に与えられることなどありはしない。

今夜も、すべての人々が（あなたがたが）寝静まる深夜に、私は私の暗号解読所の卓の上に、ひそかに小さな燈をともす。私の内部だけを照らしだすその燈（それは本当に燈なのだろうか。燈でないとすれば、それをなんと呼べばよいのか）は、人々の（あなたがたの）眼にけっしてふれることはない。そうやって、私は人々の〈あなたがたの〉夢見ている間めざめて、人々の〈あなたがたの〉めざめている間夢見る日と夜とを、永遠に繰返していかなければならないのだ。なぜ私が遂に人々と〈あなたがたと〉常にさかさまに生きることしかできない暗号解読手であるのか――その秘密を解き明かすことのできる、その時までは。

燈台守

人里離れた、この荒れはてた海岸に、私が〈渡り鳥のための燈台〉を守るようになってから、もうどれだけの歳月が流れ過ぎたことだろう。

気の遠くなるほどの長い時間を、私はただひたすら、今では私の神経であり、肉体の一部とさえ感じられる燈台の輝く巨大な眼を通して、暗闇を凝視し続けることだけに費してきた。

交替要員もなく、世界からとうに忘れ去られてしまった燈台守である私に、他になすべきどんな仕事があるというのだ。

＊

トラコーマのような夕焼けが消えていく。空も海も、闇の厚いまぶたを閉ざす。すると、入れかわりに、燈台がその輝く巨大な眼をさます。

燈台をとりまく闇のあらゆる方向から、一斉に渡り鳥たちの羽音が聞こえ出すのは、その時だ。空中は見えない叫び、見えない伝言、見えない歌や呟きで、不意にいっぱいになる。

彼等は口々に尋ねる。「おまえのその輝く大きな眼に、私の姿が見えるか？　私の翼はどんな文字の形をしているか？　私がどんな叫びであり、どんな伝言であり、どんな歌や呟きであるか、読めるか？」

彼等は要求する。「私を書きとりたまえ。私を混乱の中から救い出せ。私に方向を与え、正しく配列し、意味とイメージを汲みとってくれ。さもなければ……」

鳥たちは狂乱する。鳥たちは我がちに輝く巨大な眼のまわりに突進し、押し合いへし合いする。ぶつかり合い、わめき合う。

一羽が燈台の壁に衝突する。首の骨が折れる。十羽が折り重なって墜落する。百羽がしょうぎ倒しになる。千羽が悲鳴をあげる。そして、なにもかもわからなくなる……。

毎朝、私は燈台をとりまくようにうず高く積み重なった、おびただしい鳥たちの死骸の山を、絶望して見つめる。

おそらく、その時、私のまなざしは、一篇の詩を書くために一晩中めざめていた後で、自分がノートに書き棄てたおびただしい言葉の死骸の山を茫然と見つめている時の、詩人のそれに、いくらか似ているに違いない。

私は時おり深い疑惑にとらえられる。燈台は本当に鳥たちの便宜のために、ここに選んで建てられたのであろうか。それはもしかして、鳥たちを巧妙に誘いこみ、絶滅させるための怖るべき罠でしかないのではないか。

もちろん、私は今でも固く信じようとはしてみるのだ。いずれ、千の失望のはてに、たった一度のめくるめく歓喜が、私を激しくみちたりさせる時が訪れる。そうだ。その時は、きっとこんなふうだろう。

ある夜ふけ、最も遠くからやってきた、その日最後の訪問者である一羽が混乱から脱け出し、光の圏にとらえられて、闇の中にくっきりと浮かび上がる。輝く大きな眼が、夜空に浮き出たその文字を読みとる。そして、私がそれをふるえる手で、ノートに書き写す。

闇の中の狂躁は一斉に鎮まるだろう。鳥たちはたちまちおとなしくなる。彼等の任務は終ったのだ。彼等の翼に託された叫びは、伝言は、歌や呟きは、今確かに読みとられ、書き残されたのだから。

その時こそ、この〈渡り鳥のための燈台〉もまた、その役割を終えるのだ。輝く巨大な眼は、もう二度と夜中眠らずに見ひらかれ続けることはない。そして、私は私の燈台とともに、もうけっしてさめることのない深い安息の眠りを、永遠にむさぼることを許されるのだ。

ぼくの友達だった人形

あの日、あの人は人形の腕をもぎました。足をもぎました。最後に首をもぎました。それでも人形は歌っていました。

「もし　わたしのからだが光でできていたら
わたしはお日さまや月の光　そそりたつ虹の柱を　この手でつかむことができたのに」

あの人は人形を踏んづけ、ぺしゃんこにしました。腹わたが全部出て、目玉がころげ出しました。でも、人形はやっぱり歌っていました。

「もし　わたしのからだが夢でできていたら
わたしはお菓子の家やお城や宮殿にも　住むことができたのに」

あの人は人形に火をつけました。人形は燃えあがり、煙になりました。灰になりました。でも、人形は歌い続けました。

「もし　わたしのからだが肉と骨とでできていたら　わたしはあなたの恋人になって　あなたの腕に死ぬまで抱かれていることができたのに」

人形はあの人の恋人になれませんでした。人形のからだは、ぼろの端切れと少しばかりの藁くずとでできていましたから。

人形はあの人に嫌われたのです。人形はあの人が好きだったのに。でも、人形はずっと歌っていました。

「もし　わたしのからだが言葉でできていたら
わたしは一篇の詩になって　あなたのために歌い続けることができたのに」

三〇年前、あの人の棄てた人形は、ぼくのただひとりの友達でした。だから、ぼくは今日、人形のために一篇の詩を書きました。

この詩は、ぼくの友達だった人形の新しいからだです。三〇年前、人形を棄てて、人形を殺したあの人に、ぼくはこの詩をおくるつもりです。

この詩がぼくの詩集の中にある限り、あの人はぼくの友達だった人形から逃れられません。自由になれません。

じっと座って、気が狂うまで、ぼくの友達だった人形の詩を読んでいなさい。

『DOUBLES』抄

「ぼく」を消す

白い紙をひょいと裏返したんだ。そしたらとたんに、ぼくは裏側の世界へ入りこんじゃった。なんで、こんなに簡単に入りこめたんだろう。さっきまでぼくにがみがみお説教たれてたお父さんは、紙の上に書かれた「お父さん」という文字になってしまったし、ぼくのまわりに今まであったものすべてがなくなって、紙の上に書かれた「現実」という、たったふたつの文字になってしまっている。とっくに夢見る年頃を過ぎたのに——と、お父さんは叱っていたっけなあ。ぼくだって、こんなこと本当に信じられないよ。

＊

紙しかない。ここには白い紙と、そこに書かれた文字しかないんだ。紙にはこんなことも書いてあるよ。「一枚の白紙を机の上にひろげる。それは、ぼくが今出かけようとしている、辺境地方の地図だ。それが白紙のままなのは、その地方には書き記すべきものが何も見あたらないからだ。そうだ。そこには、本当に何ひとつ、存在するものがないのだ……。」なあんて、気どって書いてある。これ、誰が書いたんだろ。ぼくじゃないよ。ぼくはただ、お父さんに叱られたからふてくされて、白い紙をなんとなく机の上にひろげていただけなんだ。そして、それがこの世以外のどこか別の世界の地図で、ぼくがこれからそこへ行くところだったらいいのにと思っていた。でも、ぼくは想像力が貧困だから、そこがどんな世界か全然思いつけなかったのさ。

＊

ここにはなんにもないから、ぼくはなんにもすることがない。詩人だったら、「ぼくには何も書くことがない」とか書いたりするんだろうな。本当に、なあんにもすることがない。——いや、そういえば、ひとつだけやってみるべきことがあった。

＊

これからぼく、紙の上に書いてある「ぼく」という文字を消してみるつもりだ。そしたらきっと、この紙の表側にある「現実」の世界で、さっきまで「ぼく」だったぼくの、心臓が止まる。

*

（ぼくってぼくだろうか？　それとも「ぼく」だろうか？）

*

紙の上の文字になってしまった、ぼくの「お父さん」。先立つ不孝をお許しください。なあんて、全然、現実感《リアリティ》がないけどさ。

*

それじゃあ、これから「ぼく」を消す。

*

グッドバイ！

望遠鏡

アイちゃんは、野尻抱影の『天体と宇宙』や『星座の話』を頁がボロボロになるまで、何度も何度も読んでくれました。そしてぼくに、伸びたり縮んだりする大きな天体望遠鏡で、星でいっぱいの夜空を覗かせてくれると言ったのです。だからぼくは、アイちゃんといっしょに暗い所へ行きました。そこで、アイちゃんの望遠鏡を伸ばしたり縮めたりして、夜通し遊んだのです。「いちばん暗い所に行かないと、星を本当に見るってことはできないんだ」とアイちゃんは言いました。「この世でいちばん暗い所へ行ったやつが、この世でいちばん美しいものを見ることができるんだ」。アイちゃんはそう言いました。そして、この世でいちばん暗い所への行きかたを知っていたのは、世界中でアイちゃんひとりしかいなかったのです。「ひとりで暗い所へ行ってはいけません」。お母さんはいつも言っていました。「明るい子どもになりましょう」。先生も言っていました。でも、アイちゃんは違いました。「明るいものがいっぱいあるから、この世でいちばん美しいものを見ることができないのを、みんなわからないんだ」。アイちゃんはそう言いました。「いちばん美しいものを見たかったら、明るいものはみんな棄てなきゃだめだ」。だから、アイちゃんがぼくにいちばん暗い所へ行こうと言ったとき、ぼくはアイちゃんについて行ったのです。どこまでもどこまでも、ついて行ったのです。

「ふたりでいちばん暗い所へ行くんだ」。アイちゃんがぼくの首をしめ、ぼくがアイちゃんの首をしめました。「この世でいちばん美しいものを見るんだ」。心臓がドキンとなりました……。

目をあけると、ヒロシくんは本当にこの世でいちばん暗い所にいたのです。空はもう、大きな星や小さな星でまぶしいほどいっぱい。ヒロシくんの手は思わず望遠鏡をしっかりと握りしめていました。でも、いっしょに来てくれるはずのアイちゃんがいません。あんなに固く約束したはずなのに、アイちゃんはヒロシくんを裏切ったのでしょうか。「うっ、うっ、うそつきい……」。アイちゃんを探して、望遠鏡はヒロシくんの手の中でするすると夜空に向かって伸びていきました。「あっ、あっ、アイちゃあん……」。ヒロシくんは真暗な夜空に白い液体を噴きこぼすみたいに、何度も何度も叫んでしまったのです。

その瞬間でした。ぼくがこの世でいちばん美しいものを見たのは。夜空の真ん中に、アイちゃんの顔だけがまるで真夜中の太陽みたいに輝いて、ぽっかりと浮かんでいたのです。その顔は苦痛に歪んでいるようにも、また高まる喜びをこらえているようにも見えました。「アイちゃあん。ぼくの大好きなアイちゃあん……」。ぼくは大声で呼びかけました。でも、ぼくの声はアイちゃんに届きませんでした。アイちゃんはただ黙って燃えていました。アイちゃんはもう怒りも悲しみも忘れ去ってしまったように、今はもう何もかもあきらめきってしまったというように、闇よりも黒い炎をあげて、暗黒星《ブラックスター》みたいに静かに静かに燃えていました。

それからだんだんと、ヒロシくんにいろんなものが見え始めました。アイちゃんの顔の下の、変にねじれて長くなった首と、はだけた裸の胸が見えてきました。そして、その首に深く爪をたててまきついている、ヒロシくんの両手が、ゆっくりとゆっくりと見え始めたのです。

心臓がもう一度ドキンとしました。空いっぱいの大きな星や小さな星が、パチンと音をたてて、いっぺんに消えました。「お願いだよう。帰っておいでよう……」。「明るい所へ戻っておいでよう……」。お母さんと先生の声が、遠くの方からかすかに、まだ少しの間だけ聞こえていました……。

そして、それから――

すべてが本当の闇になりました。

煙病

ここ数年、詩人の間に大流行している煙病が、とうとうぼくにもとりついた。書けば書くほど書いたことが現実感を失って、そらぞらしい絵空事になってしまう。書いた世界から深み、奥行き、重さや意味がしだいになくなっていくのが初期症状で、遂には何を書いても書いた先から文字が煙となって消えてしまうのが煙病だ。ぼくにその自覚症状が出たのは、次の四行を書きとめたときだった。

紙の上に男三人
ひとりめは人さらい
ふたりめは不孝者
三人めはわからない

三年前に詩を書くのをやめてしまった元詩人Aの所へ行って、「助けてくれえ」と訴えた。Aも煙病にとりつかれて、それ以来詩人を廃業しているのだ。彼はぼくの詩を暫くにらみつけていてから言った。「やっぱりそうか。この三人めの男がウイルスなのだ。こいつがきみの世界に入りこんでしまったら、もう助からない。そいつは本来、きみの世界にいてはならないやつだから。おれのときも何度消してもこいつのことを書かされてしまった。手ごわいぜ。こいつはどう手をつくしても、けっして紙の上から出ていこうとしないんだ。恋の病いみたいなもんだな。」

最後のひとことがよくわからなかったが、ともかく糸口はつかめた。家に帰ってきて、前の詩集『真夜中の太陽』を念入りに読み直す。すると、確かに三人めの男らしいやつが、あの作品にもこの作品にもうっすらと顔を出しかけているのがわかる。この男はやたらと出たがるくせをして、ぼくがそいつのことを表現しようとしても、けっしてその姿をリアルに思い描いたり、意味づけたりすることができない。一体、この男はどこからぼくの世界に入りこんだウイルスなのだ?

紙の上に男三人
ひとりめはひざをつき
ふたりめはふるえてた
三人めはわからない

これ以上煙病が進行したら、ぼくもAのように詩人を廃業しなければならない。けれど、その姿を思い描くことも、その存在する意味を考えることすらできない煙のようなやつを、作者であるぼくにどうすることができるだろう。想像の世界で相手を抹殺するためには、そいつのことを想像できなければならない。それができない相手を、どうやって消すことができる?

紙の上に男三人
ひとりめはひとりぼっち
ふたりめはふしあわせ
三人めはわからない

思いあまってぼくは、けんかが強いので有名なマンガ家Sの所へ行ってみた。Sは最近十二指腸潰瘍で、一年近く新作マンガを発表していないと聞いていた。ところが行ってみると、十二指腸潰瘍というのは誤診で、実はもっと重症の煙病だったのだ。ぼくはぞっと背筋が寒くなった。Sはぼくにアドバイスをするどころでなく、ぼくに三丁目の医者までひとっ走り薬を取りに行ってきてくれと言った。ぼくは自分の煙病のことも忘れて、あわててSの家を飛び出そうとした。

だがそのとたん、ぼくは蹴つまずいて、Sが書きかけで中断していたマンガのコマの中へ、どうとばかりに倒れこんでしまった。倒れながらぼくの眼に、ちらっとマンガのタイトルが読めた。「煙病」。コマの中には既にふたりの男が倒れていた。ひとりめは血まみれで、顔などぐしゃぐしゃに潰れていた。もうひとりは長く病気だったのだろう。藁のようにやせて、頰もげっそりこけていた。Sの字で書きこまれたネームを読んでみると――。

紙の上に男三人
ひとりめは殺された
ふたりめは行き倒れ
三人めはわからない

三人めが見あたらないので、ぼくはきょろきょろした。その内、コマの外から、ぼくのあとで訪ねてきたらしいシンガーソングライターのTと、Sが話し合っている声が聞こえてきた。「三人めをどう描いたらいいのか、わからなくなってしまったんだ」。Tは「ふーん」と言って聞いていたが、突然、バッグからくしゃくしゃの譜面を取り出して、歌い出した。

紙の上に男三人
ひとりめは夫です
ふたりめは恋人よ
三人めはわからない

「きみらの世界でも煙病がはやっているのかい？」と、驚いた様子でSがTに訊いている。Tはいつものくせで、唇をちょっととがらせてみせた。

「そうなの。三人めのがとってもしつこい男なのよ。想像もできないくらい、わけのわからない、きわめつけの阿呆男でね。こいつにとりつかれて被害甚大だわ」。このままでは、Tもシンガーソングライターを廃業しなければならないだろう。かわいそうに。

しかし、少なくともSの世界での三人めの男というのは、どうやらぼく自身らしい。ぼくは恥かしくなって、ふたりに気づかれないよう、こそこそコマからコマをたどって逃げ出すと、いつのまにかぼくの部屋のぼくの机に置かれた原稿用紙の桝目から、首を突き出してしまった。ぼくはそこから、よっこらしょと外に抜け出した。すると、ぼくの影だけが身体からずるっとはがれて、紙の上に残った。ぼくのひいていた影の中でもいちばん真っ黒な、しんからネクラなやつだ。

それで、ぼくに、何もかもがはっきりわかった。こいつだ。この影こそが、煙病のウイルスだったのだ。ぼく自身の中でもいちばん奥深い潜在意識の底から投影されているやつだから、ぼく自身の意識の上でいくら想像したり意味づけようとしたりしても、できるはずがないのは当然だ。ぼくの意識がこいつをあんまり抑圧して外に出てこないようにしたので、とうとう反乱を起こして勝手な行動をとり出したのだ。心理学者が強迫観念だの、ヒステリーだのというのがこいつに違いない。第一、影だから深みだの奥行きだの、重さや意味などがあるわけないのだ。深層心理、イドから出た化け物だ。こんなやつがぼくからはがれて、勝手に歩き回り出したら、そいつに入りこまれた世界が荒唐無稽の絵空事になるのは決まっている。詩人A、マンガ家S、シンガーソングライターTの世界も、全部そのいちばん奥深い所では細いトンネルのようなものでぼくの世界とつながっていて、そいつはそのトンネルをくぐってあらゆる場所に出没し、彼等の作品から現実感を——深みを、奥行きを、重さを、そしてあらゆる意味を奪って復讐していたのだ。すべて、こいつのせいだったのだ。

どうしたら、いいと思う?

ぼくは突然ひらきなおって、からからと笑ってしまった。

いいじゃないの。紙の上の世界って、みんな絵空事なんだよ。なんで、それが現実そっくりに深みや奥行き、重さや意味がなくちゃいけないのさ。

ぼくは思わず軽くなった心で、また紙の上に例の詩の続きを書き出した。影なんか勝手にそこらのマイナーな詩人やマンガ家、シンガーソングライターの机の上で紙の上を歩き回っていればいいさ。

紙の上に男三人
ひとりめはひらひらと
ふたりめはふわふわと
三人めはわからない……

註1　この作品はフィクション（絵空事）です。以下の作品も含め、登場する人物は現実の詩人・マンガ家・シンガーソングライターと、いかなる関係も存在しません。

註2　作品中に登場する「……三人めはわからない」という詩の原型は、私がある劇団に

出入りしていた頃、その劇団が演じていた戯曲の主題歌です。ただし、「三人めはわからない」という一行を除いては、私が創作しました。確か作者名はサクマ・ノブタカといったと思います。

赤目

荒野に赤目を探しに行った。いつのころからか、赤目を殺してその死体を売ることが、私のパンのたねになっていたからだ。昔は、こんな辺境でなくとも、赤目はあらゆる町や村の近くにたくさんいた。けれども、赤目を見つけて捕えるのは実に簡単なことだから、私の仲間たちに彼等は次々と殺され、絶滅していってしまったのだ。

赤目がいた。年老いた、とびきり目の大きな、ぞっとするほど素晴らしいやつだ。涙をいっぱいにためた大きな赤い目を、赤目にしか見えないものに向かってじいっと見ひらいているから、すぐにわかる。赤目はいつもひとりぼっちだ。人々は赤目のことを、馬鹿で白痴だと思っている。実際、私がそばへ寄って赤目の首に縄をまきつけているときでさえ、赤目は恐怖というものを知らないかのように、けっして抵抗しようとはしない。おそらく、赤目の日没の色をたたえたその目には、殺人者である私の影さえも映ってはいないのだ。

けれども、どんなときにも赤目の顔を正面から覗きこもうとしてはいけない。なぜなら、赤目の目はあまりにも美しく、深い。見ているだけで心が洗われ、ひきこまれてしまう。すると、私の胸の中に、歌うように甘美な赤目の声が聞こえてくるのだ。

「あなたは昔、美しい目をしていましたね。見ているだけで、心が洗われるような。でも、あなたはいつもひとりぼっちでした。あなたのまわりにだけは、いつも真っ暗な影がありました。日差しの中では、あんなに大勢の子供たちが遊んでいるのに。あなたは涙をいっぱいにためた大きな赤い目を、じいっと見ひらいていたけれど、あなたには明るい日差しも大勢の子供たちも、目に入りませんでした。覚えていますか？

そのとき、あなたは何をそんなにもじいっと見つめていたのでしょう？……」

……危ない、危ない。私はうっかり赤目の顔を正面から覗きこんでしまったらしい。もう少しで、私までが赤目に心を奪われるところだった。

赤目を捕えるには、まず分厚い目隠しで、その大きな日没の色の目をおおってしまわなければならない。その美しい目と目を合わせてしまったら、最後だ。歌うように甘美な赤目の声が話してくれる物語が聞こえてきたら、きっともう逃れることなんかできなくなる。その果てしない物語の迷路の中に迷いこんだらもう、出口なんかない。物語から逃れる出口を見つけられない者は、永遠に物語に閉じこめられ、自分自身が赤目になるしかないのだ。だから、赤目は見つけしだい、すぐに殺してしまわなければならない。

けれど、赤目はなんと美しい目をしているのだろう。見ているだけで、心がすっかり洗われていくような……。

「今では、赤目は世界中でほとんど絶滅してしまいました。おそらく、私はこの世界に残されたただひとりの、最後の物語の語り手なのです。そして、年老いた私にとって、あなたは私の物語の最後の聞き手となるに違いありません。私の物語。いや、それはあなたの物語でもあるのです。なぜなら、物語の中では誰もが本当は赤目なのですから……。」

長い長い時が過ぎ、長い長い赤目の物語は終わった。気がつくと、私のかたわらに年老いた赤目が死んでいた。もう本当に何ものをも見ることができなくなってしまった大きな赤い目を、やっぱりじいっと見ひらいたままで。

私はひとりぼっちになった。荒野にはあんなに明るい日差しがみちているのに、私のまわりにだけは真っ暗な影が落ちていた。すると私の大きな目はみるみる涙でいっぱいになり、死んだ赤目も日差しのみちた荒野も、私にはたちまち見えなくなって……。

今や私は、赤目だけが見ることのできるものをありありと見ていた。それはほとんど死の恐怖をうわまわる、戦慄そのものだった。そして、私の見たものをそのままに物語ることだけが、いのちのある限り続く新たな仕事となったことを、私ははっきりと覚った。そうだ。私の仕事は、赤目だけが見ることのできるもの、――他の誰にもけっして見ることのできないものの物語を、永劫に続く罰のように語り続けることなのだった。「赤目」の物語。つまり「私自身」についての、長い長い尽きることのない物語を。

山の手線物語

山の手沿線に双子の兄弟が住んでいました。兄は目黒、弟は目白の育ちでした。そしてふたりは、同じ日の同じ時刻に、兄は外回り、弟は内回りの山の手線に乗って、互いに相手を探しに出発しました。さあ、ふたりははたして出会うことができるでしょうか?……

*

もちろん、ぼくは弟に会いたいと思ったから電車に乗ったのだ。ぼくとうりふたつの、いや、ほとんどもうひとりのぼくと呼んでもよいはずの、ぼくを求めて。

あの日から、ぼくらは山の手線を降りることができなくなってしまった。電車の中でぼくらはおとなになり、何度も恋をし、恋に破れ、そして年老いていった。まだ一度も出会ったことのないもうひとりの自分とめぐり会うために、終わりのない旅を続けることが、ぼくらの人生そのものだった。ぼくらの人生、つまりぼくらの旅は、まるで鏡の中の鏡のように何もかもそっくりなくせに、けっしてひとつに重なり合うということがない。

けれども、ぼくらにもひとつだけ同じではないところがある。それは、ぼくが電車の中で作家になり、弟はぼくの書く物語のただひとりの読者になったということだ。ぼくは座席《シート》の上で一日中物語を書き続け、弟は吊革につかまってその物語に一日中読みふける。そうやって、ぼくらは日に幾度もすれ違い、けれどもけっして出会うことがないのだった。

それは永遠に終わることのない旅なのだ。そして、ぼくが書いているのは終わりのない物語だった。物語の題名は「山の手線物語」。始まりも終わりもない、ただ同じ所をぐるぐる回るばかりの〝二重の輪の物語〟。

もしかしたら、弟はぼくの書いている物語の中にしかいないのではないか？　内回りの山の手線電車は、鏡に映った外回りの電車に過ぎないのではないか？　目白駅は鏡に映った目黒駅に過ぎず、そこから山の手線内回りの電車に乗って、一心不乱にぼくの書いた物語を読んでいる弟は、鏡に映ったぼく自身に過ぎないのではないか？　ふっと、そう思うことがある。ぼくは物語を書いているのではなく、ただ鏡を眺め続けているだけなのではないか……と。

＊

ぼくは毎日物語に新しい挿話を付け加えていった。物語が外回りの電車の中で少しずつ長くなるたび、内回りの電車の中で弟が読む物語も、少しずつ長くなっていくのだった。その物語は電車からとうにはみだすほど長くなり、山の手線の線路と同じくらい長くなっていた。だから、電車は線路の上を走っているのか、それとも物語の中を走っているのかさえ、わからなくなってしまうのだった。

物語は遂に山の手線の線路を二回りする長さに成長した。物語は「物語の中だったのか外だったのか、それも定かではない今は昔」という所でつながって、元へ戻るようになっていた。それはまるで、巨大なエンドレステープだった。

物語の中で、ぼくはまだ一度も会ったことのない弟に会うために、山の手線の電車に乗る。そして、弟もぼくにめぐり会うために山の手線の電車に乗る。けれども、ぼくは外回り、弟は内回りの電車に乗ってしまうから、永遠に、そう、決定的にぼくらはどうしてもめぐり会うことができないのだった。

だから、物語も永遠に終わることがない。いや、もしかしたら始まりさえしないのだった。

＊

その日もぼくは山の手線の電車に乗っていた。ぼくは始まりも終わりもない物語に、新しい挿話を書き加えるのに疲れ、ふと目を上げて窓の外を見た。

何かが変だった。

まもなく、その理由がわかった。ぼくの乗ったのは外回りの電車だったのに、それがいつのまにか内回りの線路を走っているのだ。

きっと、弟がうっかり切ってしまった物語の帯を、間違えて裏表逆につないでしまったのに違いない。ちょうどメビウスの輪のように。

そのために、ぼくらの物語は〝表も裏もない二重の輪の物語〟になってしまったのだ。

＊

それからも、ぼくらはやはり山の手線の電車に乗り続けている。目白に住むぼくは兄にめぐり会おうとして。そして、目黒に住む兄はぼくにめぐり会おうとして。

外回りの電車の中で、兄は互いに相手に会うために終わりのない旅を続ける双子の兄弟の物語を書き続け、内回りの電車の中で、ぼくはその物語を毎日毎日読み続ける。

ぼくらは、まだ一度もめぐり会ったことがない。

もしかしたら、兄はぼくの読んでいる物語の中にしかいないのではないか？　外回りの山の手線電車は、鏡に映った内回りの電車に過ぎないのではないか？　目黒駅は鏡に映った目白駅に過ぎず、そこから山の手線外回りの電車に乗って、一心不乱にぼくの読む物語を書いている兄は、鏡に映ったぼく自身に過ぎないのではないか？　ふっと、そう思うことがある。

ぼくは物語を読んでいるのではなく、ただ鏡を眺め続けているだけなのではないか……と。

＊

今日も山の手線の電車は、始まりも終わりもしない物語の中を（あるいは外を）走り続け、その中でぼくと兄とは同じ所をぐるぐる回るばかりの物語を読み（あるいは書き）続ける。そして、またその中で（あるいは外で）、ぼくらは今日も——いや、おそらくは永遠に——決定的にすれ違い続けるのだ。

「物語の中だったのか外だったのか、それも定かではない今は昔、山の手沿線に双子の兄弟が住んでいました。……」

終点

これから書くことは、ぼくが五歳のときに見た夢の一部始終である。三十五年前、ぼくは夢の中でもやはり五歳の子供だった。

＊

「これをあげるから、いつまでも市電に乗っていなさいね。」そう言って、お母さんはぼくに小銭でずしりと重い財布を握らせてくれた。「ぼくのことは忘れていいよう！」そのときぼくに、ほかにどんな返事ができただろう。お母さんは五歳のぼくを見捨てて、行ってしまった。そして、お母さんが今頃妹に食堂でごはんを食べさせているだろう駅は、もうぼくが二度と帰れない遠い遠い線路の向こうにあるのだった。

市電の中で、一度だけ検札があった。「ぼうや、どこまで行くの？」車掌のおじさんが、空色の切符にぱちんとはさみを入れてくれながら、ぼくに尋ねた。「ぼく、終点まで。」すると、おじさんの顔は急にぼくのお父さんになってしまった。「そうか」と言うと、しばらくじっとぼくの顔を見ていたけれど、ぼくはその人を「お父さん」と呼ぶのは絶対にいやだったから、下を向いて寝たふりをすることにした。

それから、眠っているぼくの外を、いくつの駅が通り過ぎていっただろう。電車が停まるたびに、たくさんのお父さんやお母さんがぼくを呼んだみたいだった。でも、ぼくはどのお父さんもお母さんも欲しくなかったから、そしらぬ顔をしていた。ぼくの欲しいものは、それではなかった。ぼくの欲しいものは、一体何だったろう。

「次は中村公園、中村公園。」コールが聞こえたので、ぼくははっと目をさました。「さあ、きみのこれが欲しかった終点だ。よく見たまえ。」電車の中はもう何百人ものお父さんで、身動きできないほどだった。お父さんたちのがんがん響く声が、ぼくのまわりで雷鳴のようにとどろくと、ぼくの心臓は壊れた柱時計の振り子のように止まってしまった。そして、そのとたん、お父さんたちもいっせいにぱちんとはじけて消えてしまったのだ。

中村公園の赤い大鳥居が目の前に迫り、市電は車輪という車輪から真っ青な火花と蒸気を吹き上げて、急ブレーキをかけた。鳥居をくぐりぬけた瞬間、市電はもう市電ではなかった。それは額にしわを刻み、醜く年老いたぼくの顔になって、くわっと大きなふたつの目を見開いたのだ。そのとき、ぼくは一体何を見たと思う?

＊

悪いけど、ここから先ぼくにはもうなんにも書くことがない。ぼくが五歳のとき見た夢は、そこから先、もう「何もなかった」からだ。

『元型』抄

孤独

窓もドアもない
大きな黒い家。
無数の白い蟻が
音もなく食べている。
何十年も、何百年も。
家がなくなると
蟻はとなりへ移動する。
そこにはもっと真っ黒な
窓もドアもない巨大な家。
もっといっぱいの白い蟻。
……………………
そんな街に、ずっといたよ。
何千年も、何万年も。
きみに会うまで。

×

生きている×を初めて見つけた
ぼくは大喜びでさっそく
×をナイフで刺してみた
×の傷口から小さな赤い舌が出る
そこからお話がどくどくあふれる
おもしろい　おもしろい
×の傷口をぐりぐりぐりぐり
もっともっと大きくえぐろう
お話はどんどんどんどん
おもしろくなる
ぼくは笑って　笑って

涙をいっぱい流して
笑いやめたら
×の舌はひからびて
もう　死んでいた

空き地

きみは空き地が好きらしい。しかし、最近はこのあたりも、用途のよくわからない巨大な建物がたてこんでいて、本物の空き地を見つけるのは容易ではない。たとえ、運よく残された一つが見つかったとしても、そこには背の高いフェンスが幾重にも張りめぐらされていて、入口を見つけることは殆ど奇蹟に近い。またさらに幸運にも、きみの執拗な努力のはてに、隠された入口が発見できたとしても、その錆びついた扉を力ずくでこじあけるなんて、できるはずがあるものか。いや、万一その扉が何かの事情で、閉ざされていないことがわかったとしたら、きみは急いでそこから引き返した方がいい。なぜといって、そこは本物の空き地なのだから。本当に「何もない場所」を前にして、きみにいったい何ができるというのだ。一歩足を踏み入れたら最後、きみもまた「空き地」の、何もない一部分になってしまうのだから。

二重の家

坂の上には決まって二重の家がある。全く同じ造りの壁と窓と戸口。けれども、背中合わせのその家の一方は白く日に輝き、一方は黒くかげっている。そして、白い家は坂のこちら側を向いて建ち、黒い家は坂のあちら側を向いてひっそりと建っているのだ。

時おり、坂の上から一人の少年が坂を下ってくるのが見える。その時、坂の向こう側にもその少年とうりふたつの少年がやはり、影のように下っていくのだ。引き裂かれてもう永遠にめぐりあわない二人の少年の背中には、もぎとられた相手の不在がいやされることのない傷口となって隠されている。

＊

ぼくが大人になったのは引き裂かれた半分だけの街。半分だけの街は引き裂かれた世界の半分だけの国の中にあって、そこを半分だけの鉄道が半分だけの土地を結んでいる。

誰もそれを半分だなんて思わないけれど。

誰もそれをもう半分だなんて思わなくなってしまったけれど。

ていのう

その子は教室にいてもものがいえず、あそびの輪にもくわわれなかった。ぼくらはその子をよんだ。ていのうと。ていのう。ていのう。おまえにぴったりの役があるよ。みんなはその日、きゅうにここにこしてていのうをだきあげ、講堂の舞台へつれていった。学芸会でみんなはていのうを、おひなまつりのだいりびなの役に仕立てるつもり。舞台のいちばんおくの、まっかないろの台のうえに置くつもり。ていのう。ていのう。おまえはいいな。おまえはそこでいばったふりをして、じいっとだまってすわっていればいいのさ。ぼくら、おりこうさんがしばいするあいだ、なにもいわず、なにもしなくてていいのさ。わはは。わはは。にんぎょうみたいだ。いいな。ていのう。そういいながら、先生がいらっしゃるまで、みんなはれんしゅうをしないで、ていのうに石をぶつけた。だっておもしろい。ていのうはよけない。ていのうはおこらないから。はじめは小石。だんだん大きな石。ていのうはそれでもだまって、じいっとすわっていた。いわれたとおり、みんなのうしろに。ボール紙のだいりびなのいしょうをきて。あたった。小さな石。それからだんだん大きな石。ていのうのどこかで、なにかが音をたてた。なにかがこわれた。あっ。ていのうの口からあかい血のいとがたれた。あっ。こんどはおしりから。あっ。あっ。たいへんだ、先生がいらっしゃる。まっくろい服をきた先生。どしどしこちらへ歩いていらっしゃる。ていのう。ていのう。血をながしている。どうしよう。でも、先生はおわらいになった。わはは。わはは。おまえたち。なにをおどろいている。なにをこわがっている。ちょいと、わたしがさいくをしておいただけさ。ていのうはわたしが粘土とわらでつくったにんぎょうなんだ。おまえたちをおどかすために。なんだ、そうか。ていのうはにんげんじゃなかったんだ。わはは。わはは。ていのうはにんぎょうだったんだ。でも、今日もまだぼくらの教室に、ものをいわないあいつがいるのはどうして。影のようにあいつがいるのはどうして。ほら。先生のうしろで血をながしている。みんなにはみえないんだろうか、あいつが。先生。先生のうしろにあいつがいるよ。ぼくだけにみえるんだろうか。ていのう。先生。ぼくだけ。どうして……

さかさま

転校生の名前は「坂」というのだった。だから、彼のニックネームはすぐに決まった。坂様。さかさま。あいつは「さかさま」だと。

さかさまのことを思い出すのは苦しい。ただひとつ言えるのは、彼と会ってまもなく、ぼくらは愛し合うようになったということだけだ。まるでトランプのジャックのカードの上と下にいるふたりのように、ぼくらはうりふたつだったから。多分、ぼくをさかさまにしたら、それはもうぼくではなくて、彼自身だというくらいにだ。

でもそれはまた、ぼくらが決定的に違っているということでもあった。なぜなら、ぼくと彼とはあらゆる意味で全くさかさまだったから。さかさまとは、すべてが反対だけれどうりふたつで、うりふたつだけれど全部が違っているということでもあったのだ。

たとえば、さかさまは無口だったけれど、いざというときには常に男らしく勇敢だった。ところがぼくといえば、とめどなくおしゃべりだったくせに、てんから臆病なたちだったのだ。

だからというべきかどうか分からないが、さかさまは「さかさま」であることを誇りにさえ思っていたらしい。ぼくの方が、必死でそれを隠そうとしていたというのに。

そうだ。だから、ぼくはさかさまを愛していることだけは誰にも悟られまいと、いつも用心していた。二人で朝の授業を遅刻したときも、必ずぼくの方が病気とかを口実に、わざと一時間以上遅れた。先生にひどく叱られたけれど、本当のことがばれるよりはよっぽどましだと思ったからだ。

けれど、さかさまは先生に指されて答えるとき以外は、学校の中で殆ど口をきかなかったというのに、みんなから遅刻の理由を聞かれると、それを飼い犬の自慢話でもするように、あっさりと話してしまったのだ。もちろん、ぼくの名前だけは隠して……だけれど。

元総理大臣Kの母校として知られる、N市の名門男子校T学園のぼくのクラスメイトたちにとって、それがどういう効果を生んだと思う?

彼らは一人残らず、一瞬、ぽかんとさかさまを見つめた。心の中で、きっとこう思っていたに違いない。なんてやつだ。本当のことを口にしてしまうなんて。(そんなことをしたら、Kだってはたして首相になれただろうか)。それから我に返ると、今度は彼らは一斉にさかさまをはやしたてた。さかさま。さかさま。おまえはさかさまだ、と。(それも、さかさまの目を見ないで、横目でこっそりとお互いを観察し合いながら……)

さかさまはまばたき一つしなかった。はやしたてるみんなの中に、ぼく自身がまじっているのを知っていたにもかかわらず。(ぼくだってKにはかなわないとしても、それでもいつかは一流の有名作家になりたいという野心くらいは、当時からあったのだ)。

どうして、そんなことがさかさまにできたかって？　決まっている。彼がさかさまだったからだ。そう。彼は正真正銘のさかさまだったからだ。

その日の午後遅く、ぼくとさかさまとは、すべてを焼きつくす大火が通り過ぎていった後のようにがらんとした、街の裏手の林の中に横たわっていた。（いつものように、ぼくが上。さかさまは下だった）。無言でぼくらは互いに咬み合い、互いの体から熱いものを強く激しくしたたらせ合った。（ぼくは上から。さかさまは下から）。

その間、街ではいつものように、豚が肉屋を挽き肉器にかけ、カミソリが床屋を研ぎ革にこすりつけ、ネズミが猫を追い回し、そして人々は口からくさい汚いものを出しては、円筒形に丸めた紙を破ってそれを拭いていた。（黄色い色とくさい臭いがすっかり消え去るまで。そして、汚れた紙は水で流して溶かしてしまうのだ。汚いものはまるで最初からなかったとでもいうように）。さかさま。さかさま。（何もかもが、あまりにもはっきりと見えるということは、なんてこわいことなんだろう）。

「こわい。こわいよ。さかさま」。ぼくは地獄へ一直線にすべり落ちていくようなエクスタシーの中で、無意識にさかさまを呼び続けた。けれど、どうしたんだろう？　気がつくと、今の今までいっしょにいたさかさまが、どこにもいなくなってしまっていたのだ。（もしかしたら、水に溶かされて流れていってしまったのかもしれない。それとも、最初からさかさまなんてどこにもいなかったのか……）

さかさまは一体どこへ行ってしまったのかって?
いや。さかさまはどこへも行きはしなかったよ。
そう。そろそろ、本当のことを言わなくてはいけない。

これまで書いてきたことは、全部うそだ。フィクションなんだよ。(いや、少しは本当が混じっている。たとえば、ぼくがバイセクシュアルであることとか)。

ぼくの名前は「坂」というんだ。独身。趣味はさかだち。運動神経抜群。職業は作家。だから、ニックネームは子供時代からちょっとだけ変わった。作家様。「さっかさま」。

ときどきバック転に失敗して、ぼくは頭からまっさかさまに床に落っこちることがある。でも今のところ、首の骨を折ったことはない。悪いけど、筋金入りの「さっかさま」なんでね。

それから、今も躁鬱症は治らない。鬱になると、ときどきぼくは「さかさま」に戻る。

それは、トランプのカードをひっくり返すように、あるいはバック転をするように、本当に……本当に、とっても簡単なことなんだよ。

ワカメちゃんの兄(夢四夜)

第一夜* 妹のワカメが一人で隣町のお祭りに行ってしまった。探しに降りた駅から鳥居のあたりまで、ぎっしり夜店の人波が続いていて、その誰もが金と銀のワカメのお面をかぶっている。渦巻く雲のように押し寄せる人々の中で、ぼく一人だけが自分の顔のままだ。

第二夜＊　ワカメと手をつないで、仲良くエレベーターに乗り込む。エレベーターの中にもう一つエレベーターのドアがある。ドアを開けると、そこは灰色のもくもくした雲でいっぱいだ。ワカメの手を強く引いて、逃げるように降りたが、百人も千人ものワカメが手をつないで、ずるずるといっしょに降りてきてしまった。

第三夜＊　渋滞する交差点の真ん中に、何本もの高い柱が垂直に立っている。見上げると、それは雲に届くほどに高い椅子やテーブルの脚だ。こんな目がくらむ空中にぼくの家があったのだ。その椅子の一つからワカメが今にも墜落しそうに身を乗り出して、ちぎれるほどに手を振ってくれている。

第四夜＊　突然の停電。ビルの明かりも街灯も、満月も一度に消えてしまう。超高層ビルの階段は、ぼくの立っている段から先が、つないでいたワカメの腕は肘から先が、ぼく自身は右足の半分が消える。その半分の足が灰色の蒲団からはみ出しているのを、こちら側の世界のぼくは恐怖に金縛りになり、ぶるぶる震えながら眺めている。

狛江

詩人はね、傍観者でいいんだ。そのかわり、いつも目覚めていなければいけない。

宿河原の堰堤ではきみの母親の石像が百も千も並

んで、自分の手足を引き千切りながら、日がな一日口を動かしている。あれはきみに小言を言っているのか、それともきみを頭からかじりつくそうとしているのか。そんなもの見たくなくても、いいかい、じっと見つめて目をそらさずにいるんだ。

雨の朝は狛江百塚を散歩するのもいいものさ。藤塚、かめ塚、かぶと塚。なんだか死んだ魚のお腹みたいに地面がぶよぶよして、多摩川に近づくほど足場が悪くなるね。おっと案内板なんか当てにするな。現在地と書いてある地点は決まって、「どこにもない場所」なのだから。

野川に向かう子ノ権現《ねのごんげん》でとうとうきみは吐いた。きみの中から出てきたものを見たまえ。きみがもう二度と取り戻せないと思っていた「失われたきみ」じゃないか。おや、きみの姿が見えないぞ。変だな。今度はきみが「失われたきみ」になっちゃった。

用心しなくてはいけない。岩戸川の方から世界は壊滅しつつある。ほら、きみはあのカラスがどこへ行ったと思う？　あのカラスはきみの名前を呼んでいたじゃないか。きみの「本当の名前」を。もう少しのところだったのに、また見失ったな。

さあ、もっと目をみひらくのだ。なんて大きな間違いがきみとぼくとを別々の場所に隔てているのだろう。この大橋を渡れば、きみもぼくのように、永遠に目覚めていられるというのに。傍観者のままでいられるというのに。

ぼくに言わせれば、きみはまだまだ絶望が足りないね。いいかい、ビールはコップに半分以上飲むな。それが一生かけて詩人の受け取る唯一の報酬だとしてもさ。

（註）狛江は私が結婚後二〇余年住んでいる町の名前。文中に出てくる固有名詞は、すべて狛江の地名または遺蹟の名に由来している。私は結婚前、鮎川信夫氏のお宅をよく訪ねた。文中の会話は全部フィクションではあるが、その折りの記憶の断片を混入させている。但し、括弧でくくった言葉はそれとは無関係で、何の引用でもない。

ああああああああ……

何千年も何万年も廃墟となっている建物の、人けのない内部を迷路のようにたどっていく。階段はいつもきまって宙に消えてしまい、右に左にと折れ曲がる長い廊下はけっしてどこへも行きつくことがない。ドアをあけてもそこに部屋はなく、部屋から出ようとするとドアがない……。

いつもきみの家に行こうとしているのに、どの電車やバスに乗ればいいのか忘れている。うっかり乗ったバスは知らない街の見知らぬ停車場で終点になる。電話をかけようとすると、何度でもかけまちがえる。電話番号を控えた手帳を取り出そうとすると、上着にポケットが一万個ついている。どのポケットからも見たことのない、丸や三角の形の手帳が出てくる。どれもぼくのではない。時間はどんどん過ぎていくのに……。

空が真っ黒になるほど何万羽、何億羽の鳥が激しく鳴き騒ぎながら、群れをなして飛びまわっている。たちまち鳥たちは空中衝突を始め、おびただしい羽毛を降らせながら、次々と死んでいく。けれど、かれらは鳥だから死んでも空から降りられない。気がつくと空はもう死んだ鳥たちでいっぱいだ。白骨化した鳥たちの死骸で、空はしだいに真っ白に変わっていく……。

地面が見えないほどの数のマラソンランナーが、競技場をスタートしていく。走っても走っても、折り返し点もゴールも見えてこない。先導の白バイ警官はいつのまにか白骨になり、その腰のあたりで鬼火がヘッドライトになっている。それでも、後から後からマラソンランナーは押しかけてくる。しょうぎ倒しになり、おしつぶされ、山のように盛り上がっていくマラソンランナーたち。どれも目がとれてしまったり、首がもげていたり、腰から下がなくなってしまったりしているのに、まだ走るかっこうに手足を動かしている……。

突然、息が止まりそうな激しさで目覚まし時計が鳴り出し、ドアのチャイムが何度も鳴らされ、非常ベルとサイレンとがいっせいに鳴り出す。そのたびに何万回、何億回目をさましたのに、ぼくはまだ眠ったままだ。そう。だって、眠っているぼくが目の前に見えるのだから。振り返ると、悪夢にうなされてひいひい泣いているぼくが見える。その隣に金縛りになっているぼく。歯ぎしりしながらいびきをかき、時々呼吸が止まってしまうぼく。立ったまま、歩きながら、よだれをたらしたらし、眠っているぼく、ぼく、ぼく……。そのぼくの向こうにまたぼくが見える。そのまた向こうに何万人、何億人の眠っているぼくが、ぼくが、ぼくが見える……。

黒い服を着た少女がぼくに手紙を書いている。その手紙を制服を着た郵便配達夫が受け取り、きみの家の郵便受けに配達する。きみは郵便受けをのぞいて、手紙を取り出す。封を切り、ていねいにびんせんのしわをのばして読む。「愛しています。だから手紙を書きました。でも、なぜかその手紙はあなたに届かないのです……」。それはたったいま、きみが配達夫に渡した手紙だ。きみはいぶかりながら、またぼくに手紙を書く。「愛しています。だから手紙を書きました……」。びんせんをていねいに折りたたみ、封をして切手を貼る。そして郵便局に行こうと、ドアをあける。その瞬間、地平線まで列をつくって並んでいた同じ顔をして、同じ制服を着た何万人、何億人もの郵便配達夫が、きみの手紙を受け取ろうといっせいに手をのばす……。

手紙をください。きみに会いたい。百万回、好きだと言いたい。ぼくはきみに電話をしようとして、電話帳をめくる。百万人の名前がある。どれがきみの名前だったっけ。電話帳の最初に載っている人は、五十音表の一番初めの文字が限りなくつながった名前だ。ぼくはその人にまず、電話をしてみる。もしもし。その人が電話に出る。その人は自分の名前をぼくに告げる。その人の名前は、ああ………………。

（註）詩人の岡島弘子と互いによく見る夢について、話し合ったことがある。第一連はその際、岡島から聞いた彼女のよく見る夢から素材を得ている。また、第二連は私のよく見る夢から素材を得た。それ以外は私の創作である。

城

世界の果てに、どこまでもどこまでも続く長い城がある。切れ目のない城の壁には扉も窓もなく、誰も城をこえて向こう側へ抜け出ることはできない。私とは誰か？　私とは何者なのか？　そう問う私の叫びは、いつも世界よりも、いや永遠という時の流れよりも長く続く城の壁にはねかえされ、こだまをむなしく響かせるばかりだ。城の向こう側に、私の求めている答があるかもしれないのに。

私は古老たちに尋ねた。城とは何なのか？　何のためにあるのかと。第一の古老の答はこうだった。城の向こう側には、こちら側と全く同じ世界がちょうど鏡に映った世界のように、何もかも同じなのに何もかもが反対になって広がっている。そして、そこに暮らしている人々は、こちら側の人々と何もかも同じなのに何もかもが反対なのだ。城はこちら側と向こう側、つまり世界と反世界とが不用意に接触して大爆発を起こし、共に崩壊してしまうことをおそれて、遠い昔からここにこうして存在しているのだと。

だが、別の古老の意見は違った。いや、城はどこかずっと遠くで、今もなお造り続けられているのだ。なぜなら遥かな昔、向こう側にいる何もかも同じなのに何もかもが反対の自分自身と、どうしても出会いたいという男が、城の果てを求めて旅に発った。彼は必死で駆けたが、城造りの職人たち（そして、城の向こう側のもう一組の「何もかも同じなのに何もかもが反対の」彼ら）は彼よりも速く駆けて、彼を追い抜き、彼の（そして、城の向こう側のもう一人の「何もかも同じなのに何もかもが反対の」彼の）前へ前へと城を今なお延ばし続けているのだと。

だが、第三の古老の話はさらに違う。その男は既にここへ戻ってきているのだ。男は駆けても駆けても果てしのない城に飽きて、戻ってきた訳ではない。そうではなく、ただひたすらに先へ先へと進んだところ、ついに反対の方向からここへ戻ってきてしまったのだと。

いや、そうではない。そのもう一人の自分に会いに行った男こそ、自分なのだと、第四の古老は言う。自分は城に沿って果ての果てまで歩いて、ここへたどりついた。ここは、出発した時と全く同じようで、全く同じ妻と息子たちがいたが、彼らは皆何もかも同じなのに、鏡の中の家族たちのように何もかもが反対だった。だから、自分はここから旅発った自分ではなく、向こう側から旅発ったもう一人の自分であるに違いないのだと。

最後に、第五の古老が立って言った。それらはすべて私たちが自分自身をあざむくために考えついた、空しい伝説に過ぎない。城を造ったのは、本当はほかならぬ私たち自身なのだ。私たちは自分自身（それはいつも鏡の中に「何もかも同じなのに何もかもが反対」の姿で現れる）に出会うことがあまりに恐ろしかったから、自分自身と二度と出会わないですむように、遥かな昔から今に至るまで城を造り続けているのだと。その証拠に、今も風のない夜、城のそばに立って耳をすますと、壁の向こう側から「私とは誰か?」と問う、自分自身の声が聞こえてきはしないか。今も、あの胸をかきむしる悲鳴のような声と共に、こぶしで城の壁をたたき続けるもう一人のおまえ自身の血しぶきに染まった問いが、聞こえてくるではないか。私とは誰か?　私とは一体何者なのかと。

裏側の物語

原稿用紙には裏というものがある。詩人Ｉの原稿用紙にもやはり裏側があった。そして、その原稿用紙の裏側に「裏側の物語」は書かれていたのだった。

「裏側の物語」を私は全部読み通したわけではない。なぜなら、彼の原稿のすべての裏側に「裏側の物語」が書かれていたわけではなかったのだから。そして、私の仕事は彼の原稿用紙の表側に書かれていた「表側の物語」を一冊の本にすることであって、「裏側の物語」と私とは「全く無関係」であったから。だから、「裏側の物語」がはたして完成された物語だったのか、あるいは未成の断片に過ぎなかったのかも私にはわからない。

しかし、「表側の物語」と「裏側の物語」とは「全く無関係」ではなかったらしい。たとえば表側に「多い夏には数百の、少ない夏でも数十個の死体がその海岸線にはころがっていた。それらは遠くから見ると美しい刺しゅうのように波打ち際をいろどっていた」と書かれた原稿用紙の裏側には「多い頁には数百の、少ない頁でも数十個の死体がころがっていた。それは遠くから見ると美しい詩のように見えたが、目を近づけてみると一つ一つの活字が既に腐乱し、うじがわいているのだった。詩集全体からきつい腐臭が漂っていた」という物語の断片があるのである。

「表側の物語」は詩人Ｉの書いた最後の本として、私の手でもうじき完成する。けれども、詩人Ｉはこの膨大な原稿の束を残して行方を絶ったままだ。「表側の物語」の結末（それが本当に結末かどうかはわからない。とりあえず原稿はそこで放棄されてしまっているのだ）は、次のように終わっている。

「猫のランボーはいつものように表と裏との境界線上を、つまり塀の上を歩いてくる。立ち止まると、大あくびをする。その口の中に、時に『向こう側』が見えることがある」。

そして、その裏側にはこう書かれている。

「猫のランボーは塀から、つまり表と裏の境界線上から足を踏み外して、向こう側へ落ちた。そして、それきり帰ってこなくなった。もしかしたら、表でも裏でもない世界へ落ちてしまったのかもしれない。本当の『向こう側』へ」。

＊

以上の断片を書いたのは、実は詩人Ｉその人である。つまり、これが詩人Ｉから最後に私が受け取った原稿の裏側に書かれていた、詩人Ｉの「裏側の物語」にほかならない。

詩人Ｉが私によく似ている、私こそかつての詩人

Iなのではないかと言う人がいる。だが、詩人Iと私とは「全く無関係」だ。私は「裏側」でも「向こう側」でもなく、まぎれもない「表側」の人間なのだから。

それとも、私はかつて酒に酔いでもして、あの塀の上から本当に落ちたことがあるのだろうか。こちら側へ……。

そして、こちら側が「表側」ではなく「裏側」であり、「裏側の物語」こそが「表側の物語」なのかもしれない。ということは、ここは詩人Iの「裏側の物語」の内部であり、猫ランボーの口の中、つまり……「向こう側」なのだ。

（註）一部にJ・G・バラード『太陽の帝国』からの不正確な引用がある。

『偽夢日記』抄

バスに乗る

恋人を送って行き、バスに乗せる。このまま終点まで乗って行くのだからと、窓ごしに話しかけると、恋人は安心して座席ですぐに眠ったようだ。バスの姿が見えなくなってから、不安になる。なぜバスは乗車口があっても降車口のない乗り物なのだろうか。

＊

恋人といっしょにバスに乗る。うまいぐあいに向かい合って席がとれた。ふと気がつくと、バスの中でぼくだけが後ろを向いている。ぼくを除いてほかの席は全部前向きなのだ。すべての乗客の視線がぼくに集中しており、刻々と雰囲気が険悪になってきた。それなのに、恋人は何も気づかずこんな場所で、ぼくに真っ赤な巻き貝を渡そうとする。

＊

ぼくの恋人は歌手だけれど、失恋の痛手で、歌えない病気になってしまった。バスの終点にある病院で、麻酔もなしに（患部があまりに脳に近い場所だから）、もう二時間あまりも喉の手術を受けている。禿げ頭の双子の医師が、恋人の扁桃腺から（兄が右側から、弟が左側から）真っ赤に燃える巻き貝を二つ取り出した。「まるで拷問だったわ。あたしの恋人があたしに知らせず、あたしの体の中でこんな貝を飼っていたなんて……」と、商店街のラジオで恋人が放送している。そうだ。ぼくは恋人をこれで、もう二回も裏切ったのだ。

＊

ひとりでバスに乗っている。降りる支度をしていると、車内放送が「残念ですが、ここでIさん（ぼくの名前）とお別れしなければなりません」と言う。三〇年前に捨てたぼくの恋人の声で。

冷蔵庫の中の太陽

太陽が冷蔵庫に閉じ込められた！

真夜中の高層ビルの階段を手探りで登り、ぼくはただ一人、救助に向かう。ようやくたどりついた最上階で、冷蔵庫はうーんうーんとうめきながら、額に大粒の汗をかいて眠っていた。閉じきれない瞼から白目をむき出し、痙攣的に歯ぎしりを繰り返す。ぼくは冷蔵庫の名を呼びながら突進し、渾身の力で取っ手をつかむと、ドアを激しく揺さぶり、彼の目を覚まそうとする。しかし、ぼくが力をこめればこめるほど、彼の抑圧は強くなっていくらしい。庫内の緊張はますます高まり、内部からドアを吸い付ける力が強大になる。ドアの外は熱帯夜が続いているというのに、密室となった庫内からは氷点下の冷気が早くも、ぼくの指先から全身へと毒のように回りかけている。このぼくの身長よりも小さな、うーんうーんとうめき続ける箱の中に、あどけなく純粋な太陽が一晩中閉じ込められて、悲しげに助けを呼び続けているのだ。早くこのドアを開けなければ、解放してあげなければと、気ばかり焦るが、ぼくの大人になった手足はもう不純の毒が全身に回りきってしまったのか、冷たく硬直したまま、目は開いているのか閉じているのか分からず、声を上げようとしても出るのはうーんうーんという、うめきともいびきともつかぬ騒音だけ。痙攣的に鋭い歯ぎしりの音を、まわりの闇にうつろな悲鳴のように響かせるばかりだ。

地獄

気がつくと、名古屋の久屋《ひさや》大通にぼくは立っていた。巨大な木の根がひとつ、ごろんと百メートル道路にころがっている。空中に高々と根を張り、樹幹と枝葉を地下百八十メートルの深さまでさかさまに伸ばしているという、途方もない大ケヤキだ。（一度だけ父に連れられて、地下九十メート

ルにある展望台まで下降するエレベーターに乗った記憶がある）

舗道の敷石から両足を突き出し、上半身を地中にめりこませている女は、ぼくの妻だった。（まだ年若い妻のふとももをおおう下着の白さがまぶしい！）　ぼくといっしょに暮らし始めてから、妻はずっとこうして地面の下だけを見つめてきたのだ。なんて小さなあしのうらなんだろう。さっきまでいっしょにベッドに横たわっていたときには、気づきもしなかったけれど。

逃げるうさぎ

妻が逃げるうさぎをつかまえて、掃除機に吸い取ってしまった。掃除機の細いホースの中をうさぎがどんどん吸い込まれていくのが、外からはっきり分かる。

＊

駅前のタクシー乗り場から灰色の大きなうさぎに乗る。うさぎはいつもとまったく違う道を走りだした。こんな近道もあったのかと感心して乗っていると、だんだんスピードが落ち、とうとう停止してしまった。実は道を知らなかったのだという。うさぎの家に上げてもらい、母親だという美しい女性と三人で地図を調べる。だが、いくら探しても、ぼくの帰るはずのマンションが見当たらない。うさぎはいつのまにかいなくなった。口がきけないほど眠い。女性がぼくを布団の方に誘っている。

＊

ここまで尻尾をまいて逃げてきたが、とうとう追い詰められた。ぼくは灰色の長い耳を折りたたみ、恭順のしぐさをしてみせる。男たちが押し寄せてくる。一瞬、意識が途切れた。先頭の男がスローモーションのように倒れ、黒ずんだ血溜まりがみるみる広がっていく。破れたズボンから露出した下腹部が食いちぎられて、赤貝の刺し身のようだ。ぼくがやったのだろうか?

大桟橋

最近頻々と夜中に父の霊がやってくる。黒いなすびの形をしたものが、襖をこじあけるようにして、ぼくと妻の寝室へ強引に押し入ってくるのだ。怒りにかられたぼくは、ちょうど猫を追い出す要領で、「こらっ」と怒鳴りながら、部屋中を追い回す。最後は、破れ蝙蝠のような翼を開いて空中に舞い上がったところを、蠅たたきで窓から追い払うのだが、しつこく何度でも隙間から押し入ってこようとする。

*

猿でもあり父でもある動物と長い間楽しく暮らしていたが、いよいよそれを外の世界に帰してやる時が来た。ぼくは動物を連れて、エレベーターに乗り込む。エレベーターのドアは水でできていて、開くとき僅かに水しぶきがぼくの頬を濡らした。白い服を着た若く美しい妻が長い指でたくみにエレベーターを操り、エレベーターは水中を光の坩堝のような海面に向かって、ぐんぐん上昇を開始する。もう一度水のドアが開くと、そこはラッシュアワーの横浜駅のホームだった。解放された動物は後ろを振り返りながら、雑踏の中にまぎれて見えなくなった。もう二度と会うこともないだろう。ホームはそのまま大桟橋に続いていて、岸壁に打ち寄せる荒い波しぶきで、ぼくの頬がまた少し濡れる。

＊

潜水艦のようなものに乗っている。明日、久しぶりに地上へ戻れるらしい。うれしくて羽が生えたように、身が軽い。大声で歌おうとするが、声が出ない。靴をはこうとするが、靴がない。鏡の前で髭を剃ろうとすると、ぼくは一匹の蝿になっていて、剃刀の刃の下でぐしゃりとつぶれる。

水の中の太陽

シーツをはぐと深い海
燐光を放つ列車が次々と発着する駅が
水の中のにせものの太陽のように光り輝いている
死者たちの乗降する喧噪を潮騒と聞き誤りながら
朝まで寝たり覚めたりする

＊

恋人の乳房が半月になって
真夜中の空に
貼りつけられている

＊

知らない土地で道に迷う
ぼくは裸で　とても恥ずかしい
かたわらの母を振り返り
激しく問いつめる
「お父さんとは別れたの？」
母が黙って指さす方を見ると
地面に深い穴があいていて
ぼくも母もそこへ行こうとしていたのだと
静かに納得する

おぼれる太陽

目覚まし時計のベルが鳴り終わったとき、何もかもが変わっていた。部屋の外へ出てみると、見慣れたリビングルームもキッチンもなく、黒いむきだしの地面が広がっているばかり。そして、そこには大きな深い穴があいていたのだ。

＊

覗き込むと、穴の底にはおもちゃのような部屋があり、ぼくの家族がいて、小さな食卓を囲みしきりに口を動かしている。「おーい！」と呼ぶと、みんなは一斉に穴の奥に置かれたテレビの画面に顔を向けた。家族にはぼくの声は、そこからしか聞こえてこないのだ。

＊

見てはいけないものを見てしまった。聞いてはいけないものを聞いてしまった。そう思ったことはないだろうか。ぼくは何度もある。

＊

六歳のとき、寝過ごしたぼくを母が起こしにきた。返事をしようとして、ぼくは口をあけたけれど、声が出なかった。ぼくは顔にあいてしまった大きな穴の奥に、自分が落ちていくのを感じていた。

それからだ。ぜんまいが切れて、立って歩くことも話すこともできない、目だけぎらぎらさせた黴菌だらけの人形に、ぼくがなってしまったのは。

＊

級友たちが、先生が、近所のおじさんおばさんが次々とやってきて、ぼくを指さした。「あらあら、おもちゃが壊れちゃった」「もう学校に来なくていいからね」「こわいよこわいよ、こんな子……」。

＊

それはあなたたちが、ぼくに見てはいけないものを見せ、聞いてはいけないものを聞かせたからだよ。

＊

眠れない夜、鍵のかかった窓の向こうを、川が流れている音がする。耳をすますと、川はこう言っている のだ。「何かを失うことなしに、前へ進むことはできない。何も失うことなく進み続けることができるのは、時間だけだ」

＊

そうか。ぼくは前へ前へと進もうとしたから、声を失ってしまったのだ。

＊

前へ前へ……。みんなの見たことも聞いたこともない世界へ。

＊

また、目覚まし時計が鳴り始めた。時間が前進していくのだ。

＊

大きな穴のあいた黒い地面の向こうでは、逆巻く川が深くて暗い海へとどよめきながら流れ込んでいる。そこでは太陽が一晩中溺れ、がばごぼと塩辛い水を飲んで、今も苦しみのたうっているのだ。

雨

教室の窓から、校庭に降る雨を見ていたことがありますか？　雨はさっきまで雲の中でまどろんでいたのです。まぶたがどんどん重くなる。いつのまにか深く眠り込んでしまう。気がつくと、地面へまっさかさまに落ちていくところ。たたきつけられた瞬間、痛みで一瞬目が覚めます。大きな目をあけ、歪んだ口をいっぱいに開き、声のない悲鳴をあげます。そして、ぼくを見る。何百何千何億の雨の目が、ぼくを見る。末期の目で。それから、みんな死んでしまう。空にはきれいな虹が出ます。校庭には雨の死体が累々。

『エス』抄

バスの中で

バスの中でぼくは生まれた。狛江駅から成城学園前まで行く路線バスの中で、父と母が愛し合ったから。父は明照院《みょうしょういん》で、母は若葉町三丁目で降りていき、ぼくはひとりで大きくならなければならなかった。

バスから降りたとき、ぼくは小学生になっていた。小田急線に乗って、新宿に着いたときには中学生で、向かいの席に座っていた少女に初めてのキスをした。高校生の間は地下鉄に乗っていたので、長い長い暗闇だけが窓から見えた。気がつくとそこは御茶ノ水で、ぼくは髪の長い大学生。星の一生を研究して論文を書き、後楽園の大観覧車で恋人と結婚した。

地上に降りたとき、妻は身籠もっていた。ぼくと妻はジャンケンをして、どちらに歩いていくかを決めた。三人はそれから長い長い間、坂を登ったり降ったりした。たくさんの夜が自転車に乗ってぼくらを追いかけてきた。

信号が変わると、息子は道ばたの花になっていた。妻は夜空に陽気な尾を引く帚星だった。ぼくはひとり深夜バスに乗り込んで、少しだけ眠ろう。朝は空飛ぶ豚に乗って、あっという間にやってくるはずだから。

秘密

黒い手帖をなくした。秘密を書いておいたのに。あの日、長い線路の向こうから、カーブしながらゆっくりと夏がやってきたのだ。庭は隠し事に満ちていたから、クマゼミはいつも真っ黒な汗をかいて苦しんでいた。死んだ人は茄子の馬に乗って、塀の向こうでいつまでもぼくを待ち続けている。ぼくはヒマワリに嘘をついたのだ、明日、トンネルの中にひとりでこっそり石を投げ込みに行くと。お墓の前に置いてきた果物はもうみんな腐ってしまっただろうか。夏休みのうちに回数券は使いきることができるだろうか。真昼の駅で降りるとき、火傷しそうに熱い電車のふくらんだ胸に、指が触れてしまった。電車はぼくの思い出を少しずつ忘れながら、裸のまま燃えるような海岸線を走っていくだろう。気持ちが悪い。背中に虫を入れたのは誰？　叫んでいるのは細い喉をしたお母さんだ。電車は黒い虫のように突然トンネルの闇に吸い込まれていき、ぼくは虫メガネで覗いたお父さんとお母さんの秘密を、電車の網棚に置き忘れてしまったことに気がつく。

目の形をした虫

死体を投げ出すようにして、一行を書きつけ大急ぎでノートを閉じる。

どきどきする。

誰かに見られたのではないか？

＊

知らない間に下着に
大きな穴があいている。
シャツにもズボンにも穴がある。
どんどん大きくなる。
臭い黒い染みが広がっていくよう。

こっそり隠した。
みんな洋服ダンスの裏に。

＊

穴はドアや壁や天井にもできた。
振り返るたびに穴の向こうに
隠れたのは何？

「この家には〈目の形をした大きな虫〉が
たくさん棲んでいるんだ」
お父さんがお母さんに小声で
話すのを聞いたことがある。

＊

お父さん！
目の形をした虫を早く退治してください。
叩きつぶして、火あぶりにしてください。
太い髭のいっぱい生えた〈目の形をした大き
な虫〉を！

＊

でも、ぼくはお父さんに隠れて
また一行書いてしまう。

美しく腐乱した死体のような
二行目を。

句読点

ぼくは体が弱くて
学校を休んでばかりいた
句読点のいっぱいある作文みたいに

襖の向こうで家族がにぎやかに
夕ご飯を食べている

蒲団をかぶって寝たふりをしながら
作文を書いていると
枕元をごきぶりが
触角を振りながら通り過ぎた

真っ黒なつるつるした顔のごきぶり
よく見ると眼鏡をかけている

「バカ！」と叫んで
ぼくは書きかけの作文から
句読点をひとつつかんで
投げつけてやった

ゴキブリの脚がもげた

句読点をもうひとつぶつけると
下腹がぱっくり裂けて
白いあぶらがいっぱい出た

ぼくはとても気持ちよくなり
満足して朝まで眠った

蒲団の中にあるのはもちろん砂漠だ
地平線まで長く長く続いている

一行の文章をたどりながら
ぼくはどこまでもひとりで歩いていく
句読点がひとつもないので
もう休むことも
止まることもできない

五十年以上も前に見た
そんな色のない夢の中で
泣きじゃくりながら読んだ文字のことは
誰にも話せないいまま

ずっと忘れていたのに
思い出したのは二十歳になって
好きな人と初めて性交したときだった

ぼくが書いた一番最初の詩の題名がそれだ
「父を殺した小学生」

それ以外何も覚えていない
その人の名前も

復讐

忘れてはいけない言葉をつかまえたら
必ずメモをしなさい!
あなたはそう言って、ぼくを殴った。
でも、紙に書いただけでは

メモはどこかへ行ってしまう。

アオスジアゲハだってハナムグリだって
生きていたからみんな
どこかへ行ってしまったのだ。
捕虫網や虫かごに
何かの文字の〝偏《へん》〟や〝旁《つくり》〟のような
小さな肢や翅の切れ端だけを残して。

だから書いたメモは必ず虫ピンで
目の前の壁に留めておきなさい！
あなたはそう言って
またぼくを殴った。
ぼくが鼻血を出してもかまわず
殴った。
右のこぶしで
ぼくを殴った。殴った。
ハエトリグモやナナホシテントウを
小指でひねりつぶすみたいに
殴った。殴った。殴った。

＊

お父さんの書斎をそっと覗いたことがあります。
そこではいつも色鮮やかな
クジャクタテハやアキアカネが
生きたままはりつけになっていましたね。
もう飛ぶことも泣くことも叫ぶこともできずに
みんな裸で、全身をぶるぶると痙攣させながら
傷口からいつまでも血を流し続けていましたっけ。

虫の血は赤くありません。
知っていましたか？
お父さん――　言葉の血が何色をしているか。

＊

あの日、ぼくは夢を見たのでしょうか？
秘密の書斎のドアの鍵穴を
いつものように覗き込んだとき
そいつを見てしまったのです。
ぼくの小指より太い胴体を
いやらしくくねらせながら
一匹のオニヤンマが裸のお母さんを
六本の肢で押さえつけ
むさぼり、むさぼり、食べているのを。
黒と白の虎縞の胸の上には
お父さんそっくりの大きな首がついていて
その頭の上には二本の角が生えていました。
そして、オニヤンマはゆっくりと振り返り
ぼくを見たのです。

ぼくは夢を見ていたのだと思う。
気づいたときぼくは
そいつを殴っていた。
殴って、殴って、殴って
捕まえたそいつの太い胴体を虫ピンで突き刺すと
一枚のメモにして留めた。
お父さんの秘密の書斎の
壁の上に高々と
生きたまま、そいつを
はりつけにしたのだ。

でも学校から帰ってみると
ぼくのメモはやっぱり
どこかへ消えてしまっていた。
壁にはお父さんの右手の
小指だけがちぎれて留められていて

オニヤンマのお尻の汚い臭い血が
部屋中に飛び散っていた。

しかたがないので
復習をしようと
ぼくが勉強部屋に戻ると
机の上にぼくの失くしたはずのメモがあった。
そして床も壁もベッドも血だらけだった。
ここまで虫の息で逃げてきて
そいつはとうとう息絶えたのだ。
苦しそうに折り曲げた太鼓腹の胴体の上に
本物そっくりのお父さんの首をつけたままで。

*

気がつくと、後ろにお母さんが静かに立っていて
メモには何が書いてあったの？　とぼくに尋ねました。
でも、死んでしまった言葉はもう思い出せません。
「お父さんを愛している！」だったのか
それとも
「お父さんを殺してやる！」だったのか

*

ほら、お父さん。
これが今日ぼくの書いた詩です。
みんな、ぼくが虫ピンで
生きたまま留めておいた
忘れてはいけないメモの言葉でできています。
今はぼくがひとりで使っている
秘密の書斎の壁に

この詩を、はりつけにしておきますね。
いつかあなたが生き返ってきたとき
読んでくださるように。

もうぼくは言葉をけっして
取り逃がしたりしません。
あなたに殴られて、殴られて
何度も、何度も、ぼくは復習したのですから。
苦しませずに言葉の心臓を
虫ピンでひと突きにするやりかたを。

知っていましたか？
お父さん――　言葉の流した血はいつまでも
けっして乾かないってこと。

喪失

ぼくは立ち上がれない、と言って、椅子になってしまった。もう横たわることも、眠りに落ちることもないだろう。悲しみがすぐにその背を黒く塗りつぶした。それから窓の外は永遠の真昼だ。
高すぎる空に向かって、一度だけ公園のサイレンが大声で叫んだ。それでも草に埋もれた噴水は黙りこくったまま、ずっと考えている。ここからいなくなったのは、誰だったのかと。

幼年

真夜中に目が覚め、ぼくは台所でこっそり砂糖壺の蓋をあけた。いつものように口の中を唾でいっぱいにしながら。

そのとたん、地面から目が出た。ひとつ、ふたつ、みっつ……。窓から鱗のある手が伸びて、キャベツのお面をぼくにかぶせる。「ひゃーっ」と悲鳴を上げて、顔から血みどろの皮を次々とむしり取っているうち、夜が明けてしまった。隣で母が静かな寝息を立てている。ぼくの顔をたくさんの青虫がむさぼり食べているのに、気づいてさえくれずに。

父の手がぼくの頬を打つ。「おまえなんか、目も鼻もないくせに！」そのとたん、家の裏に大きな星が落ちた。音もなく爆発して、山崎川の土手で黒い桜が満開になる。

ぼくの口からとうとう唾があふれだした。地面にこぼれ落ちると、みんな六本の足が生えてくる。罰だ。何百何千の飢えた小さな文字たちは、甘いものに恋い焦がれて苦しんでいる。

ぼくの砂糖壺にみるみる蟻がたかってしまう。真っ黒になって、また夜が来る。

ゆき

ぼくはゆきという名の口のきけない少女と愛し合

い、ひとつ屋根の下で暮らすようになった。ぼくたちは冬でも窓を開け、北風が寝室に吹き込むままにして眠った。ゆきは人前に出るのを嫌い、来客があるとキッチンに閉じこもってしまう。だから誰もが、ぼくを年老いた独身者と思っている。たまに、キッチンで冷蔵庫を開けた来客が、ぼくにこう尋ねることがある。「この袋の中の白い冷たいものは何?」　ぼくは笑って答える。「それはゆきだよ」

春が来た。屋根にうずたかく積もっていたゆきが消えて、通りに出てきた人たちはみんな上着を脱いで、幸せそうだ。ぼくの家に「売家」の札が貼ってあるのに、やがて何人かが気づく。でも、ぼくがいなくなったことを悲しむ人は誰もいない。若い日に、ぼくはこの家で、世界を凍りつかせる一行の詩を書いた。そのためにこんなにも長く続いた冬が今、ようやく終わったところなのだから。

太陽

それは畑で育てるのが最も容易な天体のひとつだ。小粒の種子を畝になにげない記憶のように埋めておくだけで、朝露の降りる頃にはすぐに芽を出す。そして、暗い地面の底へと深く根を張り、いつの間にかまるまると太り始めるのだ。

誰もが苦労するのは、それを収穫するときだ。地中になじんだものを力いっぱい引っ張ってみるが、簡単には引き抜けない。転倒して足腰を骨折したり、精神までおかしくする者が後を絶たない。ようやく地面から外に出てきた自分自身を直視したとたんに、目が焼けただれてしまうこともある。

それを家まで持ち帰るのは、さらに大仕事だ。あまりにも巨体で、重すぎて、びくともしないものを、真っ昼間に台所まで引きずり込み、大鍋に放り込んだとも茎も根もことこと刻んで、大鍋に放り込んだときの喜びは、それだけにこたえられないものだ。

とはいえ、腹をさすって満足し、世界が暗闇に変わり果てていることに気づいたとしても、もう手遅れだ。光り輝いていた夢も、希望と絶望のどちらの夜にも愛撫を交わした恋人も、意味深い難解な言葉でいっぱいだったノートも、何ひとつ見あたらない。

腹を空かしたおまえが、たった今、それを残らず食べ尽くしたところだからだ。

喝采

ピアノは白と黒の蔓薔薇の花が絡み合い、あたしの行く手を阻む深くて暗い森だ。あたしはその森に素裸で走り込む。全力疾走するあたしの指が触れるたび、薔薇は毒のあるトゲで鋭くあたしの肌を刺し貫く。一曲目が終わる頃、あたしの全身はもう傷だらけだ。痛みと恐怖で、あたしは涙をこらえきれない。それでも、あたしは走るのをやめてはいけないのだ。大声で泣き叫んでいるのに、自分の声が哄笑しているように聞こえるのはなぜだろう？　ようやく森を抜けたところで、あたしは力尽き、倒れてしまう。意識を失うのを感じながら最後の力で、あたしは後ろをふりかえる。すると、いつかそこは極彩色の虹の森に変わっているのだ。雷鳴のような喝采が遠くから轟いてくる。けれど、誰も知らない。森の向こうであたしのうつせみが血の一色に染まって死んでいることを。

＊ ワルツ

ピアニストの泊真美子に

海がこんなに明るいのは、底に身重の満月が沈んでいるからだ。おまえの名はマミー。場末のピアノ弾きだ。誰でも知っていることだが、マミーは三人の子持ちだった。長男は酒場の赤い屋根の上にかかる雲で、隣町からときどき雨を降らせに立ち寄るらしい。次男は灯台のような大男だが、夜になると港に生えた血みどろの乳首を吸っているそうだ。噂では鏡に映ったおれによく似ているらしい。末娘は誰も名前を覚えないうちに、青い灰になって浜風に散ってしまった。ただし、亭主のことは誰も知らない。港町ならどこにでもよくある話さ。

またひとつ廃工場の裏で死体が見つかった。古い錆びついた鍵がひとつ、ポケットからはみだしていた。これもありふれた話。桟橋の向こうから「お母さん」「お父さん」と呼ぶ声がしきりにするが潮騒かもしれないな。物干し場には、もう大きな耳が所構わず生えているだろうか？　あの声の聞こえる夜は、決まって胞子があちこちから飛んでくるから。

探偵は鏡の前で帽子をかぶり直したところだ。出動する前に、血の色のネクタイで首を絞め直さなくてはいけない。急がなくては。だが、さっきまで譜面に向かっていたので、頭がソナタの第三楽章から切り替わらない。そういえば昨夜、おれのベッドを大きな蟹でいっぱいにした犯人は誰だろう？　赤い毛むくじゃらの脚がわさわさと動くから、まるで火事みたいだったじゃないか。

港でバスを降りると、また女のように熱い潮が満ちてきていた。海岸通の商店街の中ほどからみるみる長い舌が出て、唾液で街路樹を濡らしていく。探偵は懐中時計を取り出して、つぶやく。天文観測所の予報によれば、そろそろ月の出の時刻だ。酒場の老いた主人が濡れた指で酒場のピアノの蓋を開けるだろう。そして、またひとつ死体を見つけて……。

もう黒猫興信所も閉鎖する潮時だな。詩人も音楽家も生きていけない小さな町で、探偵が飯の種になるはずもないのだ。最後の報告書にはこれだけ書いておこう。

＊

この町でおれが見つけたものは何もかも「偽物」だった。一等航海士殺人事件の犯人も、おまえに捧げた婚約指輪のルビーも、おまえのデビューリサイタルの夢も。（苦心して貯めた金は、火星から来た円盤の男に持ち逃げされた……）でも、おまえへの愛だけは「本物」だったから、とうとう見つけられないまま、おれはこの町を出ていく。

そうだ。あの部屋の鍵だけは残していくよ。実在しないスイートホームの、実在しない花嫁のための、実在しない衣裳部屋の……、古い恋歌のような錆びた鍵だ。おまえに借りたものはみんな、手書きの五線譜の上にある。

さよなら、海に沈んだマミー。おまえの亭主の死体もそのあたりの水の底で、赤い毛むくじゃらの蟹に食われたはずだ。引き金は固くて硝煙はひどく目に染みたな。あの夜も「お母さん」「お父さん」と呼ぶ声がしきりにした。海鳴りだったかもしれない。おれの親指がどうしても曲がらなくなったのは、それ以来だ。けれど、おまえに習ったピアノは今でも弾ける。弔いのワルツはひとつも音を外さなかったよ。

収穫

黒い壁に沿って歩いていたのに、いつのまにか白い壁に沿って歩き続けていたことに気づく。灰色の男はそこで少し首をかしげ、足をとめる。洪水の引いた翌日から歩き始め、永遠に似た一日と一晩をかけて、希望には少し足りない歩幅を慎重に守ってきたのだ。確かなことは何もない。真夜中の水路で巨大な魚を吊り上げたはずなのに、薄明に両手が握りしめていたのは菱の実だった。顔一面に生えていた大麦は満潮の時刻に激しく直立し、大量の火の粉を飛散させただけだった。

コピー機の孤独

コピー機は誰にも助けてもらえない。

＊

夜。ぼくは暗い山道を息子と見知らぬ男と三人で歩いている。山の上にはぼくと息子の住む大きな屋敷があり、あたりは真っ暗で人けのない深い森だ。突然、見知らぬ男は倒れ、ぼくらの屋敷で床につく。

男は何度見直しても知らない顔なのに、この屋敷で眠っていることに違和感がない。それもそのはず、この男はぼくなのだ。ぼくが昼間覚醒している間、ぼくの人格の奥に隠れていた、もうひとりの見知らぬぼく。そうだ。夢がぼくをコピーして、もうひとりのぼくをつくったのだ。

これは一九九九年一一月二八日の夢。ぼくは毎朝、克明な夢の記録をつける。そして大事な夢を忘れないために、コピーを必ず一枚つくる。青白い光が音もなくぼくの顔をなめると、今見た夢とそっくりな夢が機械から吐き出される。ぼくとそっくりだけれど、ちょっと違う、もうひとりのぼくの記録が一枚のコピーとなって床に落ちる。

見知らぬ男が突然起きあがって、ぼくの息子を呼んだ。息子は男に小走りに駆け寄る。男はぼくとは少しも似ていないが、息子とは顔がコピーのようにそっくりだ。男と息子とは父子に違いない。すると、息子の父だと思っていたぼくは一体誰なのか？　悲鳴を上げ、寝汗にまみれて目を覚ました。

その夢の記録をコピーする。コピーとオリジナルが手から落ちる。すると、どれがオリジナルでどれがコピーだったのか、もうわからなくなる。男とぼくのように。

山道をひとり、とぼとぼと歩いていく。森の奥で青白い光がまたたいている。こわい。だが、ひきつけられるように近づいていく。輝いていたのはコピー機だった。次々とコピーが吐き出されている。光の中から一〇〇人の、一〇〇〇人の、ぼくとそっくりだけれど、ちょっと違う息子の顔が飛び出し、ぼくに向かって空中をひしめきながら近づいてくる。

ぼくはコピー機に自分の首を差し入れ、手探りでスイッチを押す。コピーが次々と吐き出される音がする。一〇〇人の、一〇〇〇人の、ぼくとそっくりだけれど、ちょっと違うもうひとりのぼくが息子の名を呼ぶ。「はじめ！」

夢に現れる息子は、昼間覚醒している間、ぼくの人格の奥に隠れていた、もうひとりの見知らぬぼくだ。だから息子はぼくとそっくり。名前もぼくと同じなのだ。

＊

夢の中でコピー機はいつもひとりだ。悲鳴を上げても、誰にも聞こえない。

川のほとりで

野川のほとりに二〇階建ての高層マンションがある。緑色に塗られたドアが横に二〇個ずつ並んだこの建物は、誰でも（きみでなくても）コクヨのB5判原稿用紙を連想する。

日本で一番小さなこの街で、ここは一番高い場所だから、建設当初から飛び降りの名所とされてきた。自殺者はほぼ毎晩ひとりの割合で、それより多くも少なくもない。

もちろんオートロック式なのだが、住人の背中にぴったりと貼りつくようにして玄関を入れば、ハイスピードのエレベーターがすぐに原稿用紙の第一行の一字目まで連れていってくれる。

さあ、あなたの詩をここから書き始めなさい。誰もまだ読んだことのない、オリジナルでユニークな死の一行目を。……というように。

たとえばこんな一行目はどうだろうか？　ぼくはある日、二〇階にある緑色のドアの前で、ふと後ろを振り返ったことがある。すると、ぼくの背中にぴたりと貼りつくように死人がいた。

間違えた。いたのは死人ではなく、詩人だった。ただ、首がなかった。きみには言い忘れていたけれど、ぼくの父親は生きていたときコクヨのB５判原稿用紙を愛用する詩人だった。そう。あの緑色の髪だけをひたすら愛していたのだ。

紙、じゃないかって？　違うよ。誤植なんかじゃない。

これで二行の死が書けた。三行目はこんなふうにしたらどうだろう？　にわとりの首をはねると、そいつは悲鳴をあげて走りまわる。もう首なんてないのに。

にわとりの声帯は喉より心臓に近いところにあるから、死ぬまで叫び続けられるのだ。まるで詩人じゃないか。

おや。ぼくが書かないのに、誰かが四行目以下を書いてしまった。これだからコクヨの原稿用紙はいやなのだ。死が書け過ぎるからね。

あの日、ぼくの父親はひとりで二〇階まで上がり、そこから墜落した（ことになっている）。遺書は緑色の原稿用紙に赤インクで書いてあったので、父親の心臓からあふれでた血と混じりあい、読めなかった。

いや。最初から血で書いたのかもしれない。どこからが血で、どこからが文字なのかわからない。現代詩って、そんなものらしいね（笑）。

ともかく死を書き続けよう。きみはこのマンションの二〇階で暮らしていた。きみは緑色の髪（これも、誤植ではないよ）をした、いかにも父親好みの、地上に影をひかない女性だった。

話が混乱しているって？　いや。これでいいのだ。その夜、ぼくは父親が訪れる前に、ひと足早くあの部屋を訪ねたのだ。そう。きみの部屋を。そして背後をつけてきた父親に見つかった。

父親は持っていたペンを振り回した。それしか持ち合わせがなかったからだ。そいつは父親が詩を書くときに使っていたものだが、時には凶器になる。ぼくはそいつで両目をえぐられた。

その瞬間、ぼくには今まで見えないものが見えるようになった。首をなくした血だらけの詩人がいつまでも悲鳴をあげながら、川のほとりを駆けまわるのだ。

さあ、そろそろこの死を書き終わる時がきた。ぼくは現代詩人じゃないから、できるだけロマンチックに終わりたい。陳腐だってかまわないさ。たとえば、こんなふうに。

「お母さん！　先立つ不孝をお許しください。ぼくはお母さんを愛していました！」

でも、緑色の原稿用紙に書くと、この一行は意味が変わるんだ。今夜、マンションの真下の地面で、ぼくの両目からどくどくとあふれ出た赤いインクで書くと、こうなる。

「お父さん！　ぼくはあなたを殺しました。あなたから愛する妻を奪うために！」

これだから、コクヨの原稿用紙はいやなんだ。いつまでも赤インクが乾かない。ぼくの死体も父親の死体もいつまでも血を流し続けるばかりで、ちっとも本当に死ねないじゃないか。

今夜も死んだぼくは高速エレベーターに乗って、マンションの二〇階にたどりつく。そして、ぼくは父親に両目を突かれ、顔のない死体を突き落とす。緑色の髪のきみの部屋の前で。繰り返し、繰り返し……。書いては消し、書いては消し……。

だから、今夜もまた野川の二〇階建てのマンションの真下には、一行だけ詩が落ちている。いや、一個だけ、死体が転がっているというわけだ。

数えてみると、この詩は八九行あった。*つまり、ぼくと父親とはきみの読んでいる詩の上で、八九回殺し合った。そして、まだまだ殺し合うつもりだ。

＊　初出時、この作品は三〇字×八九行で掲載された。

はじめのおわり

ぼくは「おわり」という地方で生まれ、「はじめ」という名前を与えられた。ぼくがおわりではじめて父親に連れられて出かけた場所は名古屋市立東山植物園だった。いくつもの丘陵をまるごと敷地とする緑の迷宮で、ぼくはたちまち迷子になった。大温室の中でぼくは育てられ、やがて「はじめ」という名前さえ忘れられてしまった。気がつくとぼくはおわりではじめての大薔薇園の園丁になっていた。

薔薇園でぼくが育てたのは世界にひとつしかない、とげのない薔薇だった。その薔薇にはぼく同様名前がなかったので、ぼくは「おわりのはじめ」と名づけることにした。六月になると薔薇は満開になる。するとひとりの後ろ姿の男が黒い自転車にまたがって見物に訪れるようになった。男はぼくの「おわりのはじめ」を見て、呟くことがあった。

「薔薇の花が難解になったね」

「六月は詩人にとって、とても憂鬱な季節だよ。なぜなら行く先々で花々が難解になり、それを読み解くためにぼくはひとりで苦しまなければならないから。薔薇はもっとわかりやすく、美しい少女のようなものであるべきではないだろうか。そうでなければ、みんなに唾を吐きかけられ、無視され、踏みにじられるだけだ。ぼくのようにね」
詩人が立ち去った後、ぼくはぼくの「おわりのはじめ」をつくづくと眺めた。薔薇は血みどろの渦を巻いている。鮮やかな渦の中心を見ているとめまいがした。この薔薇の意味を知っているのはぼくひとりだけだ。何千行、いや何万行、何億行の薔薇がぼくのまわりで満開になっていたとしても、詩人はやがてすべての薔薇の名前を読み解くだろう。それでもこの一行だけは誰にもわからないに違いない。

「あなたに捨てられた、とげのない薔薇はたったひとりでこんなに大きく育ちましたよ。お父さん……」

はじめからおわっていた。誰にもわかってもらえなかった。世界にひとつしかないそんな薔薇に近づいたらきっと、あなたの死のにおいがします。

＊本文庫中、一部に差別語とされる用語が使われています。これらは著者が幼年時代、児童期に両親、教師、級友等から投げつけられた言葉を記録にとどめるため、あえて使用したものです。

＊用字、送り仮名等は誤植や明確な誤記を除き、原則としてテキストとした単行詩集の表記を踏襲しました。執筆にパソコンを使用するようになって以後は、パソコン画面に表示される書体を意図的に使用しています。

＊本文庫収録に当たって、一部改稿した個所があります。

夢日記

アンソロジー『**夢の解放区**』抄

死体のつまったトイレの夢

ここは時空の中を漂うバー。みんなで夜、渋谷に行き、Ｉが好いていた女の子をナンパして、彼女も仲間に加わる。だが、時空のつながりが消えて、水も酒も手に入らなくなったので、いったん現在の水面に浮かび上がり、ほかのバーからそれらを補給する。

新幹線の列車に上着を置き、またバーに戻る。時間になったので、あわてて新幹線に戻ったが残念、列車はもう出た後。バーにも戻れず、夜を公衆トイレで過ごそうと思うが、トイレには黒い少年の死体がつまっていて、しかもそれが身動きするのでやっぱりやめる。隣のビルの円盤のような開口部からビラのようなものがいっぱい降ってくる。風景からして、どうもここは名古屋の納屋橋らしい。

グランドピアノを運転する夢

ぼくは自家用車を運転して病院へ向かっている。窓から雨が降り込み、寒いので窓を閉める。いつのまにかぼくが乗って運転しているのはグランドピアノだ。病院へ着いたのはいいが、駐車スペースはすべてふさがっている。段差をピアノをかついで降りて、駐車できるところを探したり、大変な苦労をする。ちょうど大豚さんがやってきて、機転をきかせてグランドピアノをテーブルの下に押し込んでくれた。ピアノはぴたっとテーブルの下に収まった。これはうまい駐車場が見つかったと喜ぶ。

よろこびの街を行く電車の夢

ぼくは狭い部屋がいくつもつながったような場

所にいる。どうやら、それはぼくの仕事場であり、また電車の車両の中でもあるらしい。そこでぼくはさんざんな目にあっている。パーティが始まり、おいしいご馳走が並んだとたんお腹が痛くなったり、食べるのをあきらめて別の部屋へ行くと、靴がなくなってしまったり。またラジカセのスイッチを入れて、やれやれちゃんと鳴りだしたと安心していると、それは実はテレビラジカセでテレビの部分がそっくり盗まれてしまっていたり……。さらに誰かが「Uくんは殺されたのじゃないか」と言う。そういえば毎日誰かしらが血まみれの変死体で発見されているのだ。Uくんも「ぼくが殺されてもおかしくないよ」と昨日言っていたそうだ。

やがて電車は街全体がおもちゃのような、青い屋根の平屋建てばかりの奇妙な路地に入っていく。そこは「よろこびの街」と呼ばれていて、屋根からは釣針に似た蛸の足のような触手が通りに突き出されている。街の人たちはそれで釣りの真似をして遊ぶのだという。ところが、その奥には謎の外国人女性がいて、彼女は「よろこびの街」の名にふさわしく、あはあはと笑いながらその何本もの触手でぼくの電車をぎゅうっとすごい力で締め上げてしまったのだ。

新しいバスの活用法の夢

バスに乗る。中はレストランのように広々としている。座席は窓際に各一列と真ん中に二列。ところがほとんどの席は後ろ向きなので座りたくない。よく探すと真ん中の列に一つだけ前向きのものがあるので、それに座る。後から乗り込んできた若い女性が運転手に終点までの所要時間を尋ねる。答えを聞いて彼女は「あら、それなら飛行機に乗るまで、ちょうど九〇分あるから、乗っていって降りずに引き返せば、うまく待ち時間をつぶせますね」と言う。そんなバスの活用法もあるのかとびっくりする。

横向きに乗るタクシーの夢

列車の終点は、ここからはもう山に登るしか道がないという、寂しい駅だった。ぼくは駅でタクシーを呼んだ。電話の向こうの係員は「ミシシッピーという名前で来るから」と言う。少し行くと、一台のタクシーが停まっており、一人の暗い顔をした青年が座席に腰かけている。あのタクシーはぼくのもののはずだ。実際、ぼくが「ミシシッピー」と名前の書かれた紙巻きタバコを見せると、運転手はうなずいてドアをあけてくれた。

だが、運転手は「席をつめてやってね」と言う。なんと、驚いたことに、これは乗合タクシーだったのだ。しかも、座席は前向きではなく、横向きに座るのだ。ガバガバした人工皮革というか、質の悪いゴムという感じの手触りの安物の座席である。連れの青年は寡黙で、うつむいた暗い男だ。ぽつぽつと話を聞くと、ここらの氷河期の山々に住む山岳部族は特産品として花札をつくっている。彼はその花札を買い取りにいく商人なのだ。だが、どうせ山に登るなら、手ぶらで登るだけではもったいないから、彼らにこちらからもいろいろな物資を売りに行くのだという。

電車の中の会社の夢

ぼくの会社は新宿駅に停車した小田急電車のロマンスカーの中にある。会社から出かけようとして、ぼくは大便をしにトイレに入る。トイレは広いロマンスカーの一両をまるまる使っていて、このあたりはホームに人影もないので、窓も大きく開けたままだ。窓から外を眺めながら用を足していると、同僚のI氏が先に会社を出て、目の前のホームを歩いてきたと思ったら、線路にひらりと降り、窓の横を通って反対側のホームにまたひらりと飛び上がって、かつかつと足音を立てながら歩き去って行った。なるほど、勝手知った社員にはこういう近道もあるのだなと思う。しかし、これではまともに用を足しているところを見られることになる。ぼくは手を伸ばして窓を閉めた。

水中エレベーターの夢

ぼくは猿のようでもあり、鳥のようでもある一匹の生き物と暮らしていた。いよいよその生き物を外の世界に帰してやる時が来た。ぼくとぼくのアニマである美少女は、エレベーターに乗る。それは水中エレベーターだ。透明な壁の向こうの海の中に、エレベーターは骨組みだけの箱のような形で待機している。見た目には檻のようにも見える。少女がぼくに「さあ、怖がらないでエレベーターのボタンを押して」と言う。ボタンを押すとするするとドアが開く。ぼくは一瞬海水がなだれ込んでくるのではないかとひるむが、ほんの少し水玉が上の方からこぼれただけだ。ぼくと少女が乗り込むと、生き物は自分で荷物の袋を背負って、コアラのようにエレベーターの外側にしがみつく。ぼくらは上がっていく。出たところは小田原駅の一番奥のホームだ。

「0番線に……行きの最終列車が到着しています」というアナウンスが流れる。でも、きっとこのアナウンスは特別の人にしか聞こえないのだ。これで、ぼくはもう現実の世界へ戻らなければいけないのか。そう思うと悲しくてたまらない。しかし、まるで奇蹟のように一人の少女が現れ、エレベーターに乗り込むではないか。先ほどまでいたアニマとは対照的な、眼鏡をかけてもっさりとした少女。また、新しい乗客ができたのだ。降りかけていたぼくも慌ててエレベーターに戻り、ぼくらは再び下へ……、見えない世界へと降下していく。

空中の食卓の夢

賑やかな交差点に、八階建てぐらいのビルがあり、その屋上がレストランになっている。そのレストランの売り物は、屋上のフェンスを越えた先にもテーブルがあることだ。そのテーブルは交差点の真上にある。長いテーブルや椅子の足が、交差点の真ん中に何本もの柱となって立っており、その間を縫うように車や人が行きかっている。父はなんでもないよという顔をして、ぼくにおいでおいでをし、その空中の食卓にぼくといっしょにつくのだ。そして、やっぱりなにげないふうにボーイが注文を取り、食事を運んでくる。ぼくは下を見て、目がくらむような気がするのだが、やはり何でもないような顔をして、ハンバーグステーキを口に運ぶ。

自宅にいる。玄関のチャイムが鳴る。出ると、ひげをはやした男性が立っている。両手で、うやうやしく、何か輝くものを私に差し出す。それは、白いご飯の塊の側面に海苔を巻いて、その上に大粒のイクラが山盛りされたものだった。

顔に草が生える夢

朝、目が覚めてみると、隣の蒲団に妻でない女性が寝ている。そうだ。思いだした。妻が自分は別の部屋に寝て、彼女をここに泊めたのだ。しかし、女性が隣に寝ているというのに、ぼくはまったく何も感じないし、彼女の方も感じていない様子。さて、起きてみる。鏡を覗くと、ぼくの頭といい顔といい、巨大なカヤツリグサのような雑草が一面に生えている。電気カミソリではとても間に合わず、裁ちバサミを持ち出してバサバサ切るが、切っても切ってもぼくの顔はカヤツリグサだらけ。おかげで一時間も会社に遅刻してしまった。ところがのどかな田園風景の中を会社に急ぎながら、腕時計をふと見ると、ちゃんといつもの時刻だ。今まで起こったことはみんな夢だったのだろうかと思う。

野菜頭の老人の夢

　電車に乗っていると、目の前の席に娘さんと病院へ行くらしい、おじいさんが座った。おじいさんは病気なのか、老齢のせいなのか、体中が土から出たばかりのごつごつした野菜のようだ。顔は蕪《かぶ》のようで、額から上はカリフラワーのようになって、割れ目が深く入っている。頭にあんなふうに割れ目が入っていて、脳はどうなっているのだろうと思う。腕や指は大根のようで、毛穴からは緑色の根毛のようなものが一面に生えている。

＊『夢の解放区』（パロル舎刊）はネット上の共同夢日記『夢の解放区』からメンバーの夢をテーマごとに抄出したアンソロジー。

＊文中に出てくる「大豚くん」は『夢の解放区』のメンバーのハンドルネーム。

電子ブック『一色真理の夢千一夜』抄

◆2005年

6月12日の夢（核戦争後の世界）

新潟に午後から出張することになった。3時半発の飛行機に乗ればよいので、会社でゆっくり旅支度をする。社内には大きなタンスがあって、その引き出しにワイシャツとネクタイが入っているはず。引き出しを開けてみると、ネクタイはあるにはあったが、白地に菜の花のような色彩の黄色いチェックの縞が入っているものしかない。これではあんまりだと思う。とにかくワイシャツに着替えて、鏡を覗く。びっくりだ。首の周りに鎖国時代の長崎出島の絵に出てくるオランダ人のような大きな襟飾りがついており、さらにその上の首にもばかでかい飾りがついていて、まるでエリマキトカゲのようだ。慌ててそれらの飾りをハサミで切り取る。ズボンを穿く。ウエストが急に細くなったようだ。何度もベルトをぎゅっと締め上げたつもりでも、ズボンがゆるゆるになってしまう。周りに若い女の子たちがたくさんいるので、とても恥ずかしい。

そんな大騒ぎのあげくに、とにかく電車に乗る。核戦争があって以来、外の景色は一変してしまった。荒れ果てた砂丘の風景が広がるここが東京だなんて信じられない。汚れた長細い黒ずんだ水たまりがあり、そこに見たこともない水棲生物がうごめいている。放射能で突然変異してしまったのだろう。ぼくはほかの乗客たちにそれを指さして、「見て見て！　懐かしい！　昔の川のようだ！」と叫ぶ。

ある駅で、暗い顔をした一人の男が乗車してくる。彼は放射能の突然変異で生まれたミュータントの一種で、うっかり何か頼み事をすると、それを成し遂げるために命まで捧げ尽くしてしまう性質があるから、気をつけなくてはいけない。それなのに同僚のWくんが彼に何かを依頼してしまったという。これは大変なことになる、と直観したぼくは、Wくんをタクシーに乗せて逃がそうとする。だが、それは確かにタクシーの形をしているものの、ただの鉄の箱（なんだか棺桶のようだと夢の中で思う）で、自力で走行することができない。電車は地下を走っているので、ほかの乗客たちといっしょにぼくはその鉄の箱に入ったWくんを地上まで懸命に運び上げなくてはいけなくなる。こんなことをしているうちに、時間がどんどん過ぎてしまう。とても新潟行きの飛行機には間に合わないかもしれないと思う。

9月20日の夢（子犬殺害）

大きな川の堤を歩いていると、岸辺の土の中からちょうど蟬が羽化しかけたところだった。ぼくは自分の強さを誇示したくて、そのか弱い蟬をぶんなぐる。穴から出てきた蟬はいつのまにか子犬に変わっていて、ぼくに殴られたために鼻から粘液を出している。今にも死にそうな重傷であるにもかかわらず、無垢な子犬はぼくに向かって、「ぼくは四番目に生まれたから幸せだった」と日本語で話しかける。ぼくは子犬にそんな知性があることに驚くとともに、そんな知性あるものを殺そうとしたことが怖くなり、右手で子犬を払いのける。子犬は土手を転げ落ちて、視界から消えた。ぼくは茫然として立ちすくむ。

11月6日の夢（障子の密室）

出張から東京に帰ってきたのは夜の11時頃だっ

た。ぼくがいるのは車がどんどん走っている道路だが、街の中心からはずっと外れた寂しい場所。いつもはここからタクシーで帰るので、かたわらの父（実際には25年前に死んでいる）に「タクシーで帰ろうか」と言う。父は「そうだな」と答えると、いきなり角を曲がって遠くに見える地下鉄の駅の方へ駆け出し、姿が見えなくなる。タクシーを捕まえに行ったのだろうか？　タクシー乗り場があそこにあったとしても、こんな深夜だから大変な行列なのではないか。ぼくといっしょに出張から帰ってきたM氏らがバス停にいるのが見える。「○○行きのバス」という声も聞こえる。見ていると、そのバスが路地からひょいと出てきて、彼らを乗せて行ってしまった。ぼくの帰るのとは反対の方に向かって。

　ぼくの周りにはまだ帰る手段がなくて、立ち往生している人たちが何人かいる。いつまで待っても父は帰ってこない。なんとかしようとぼくは歩き出す。一人の人が二匹の犬をひもにつないで立っている。一匹はブルドッグだ。二匹の間を抜けようとして、ぼくは咬まれるのではないかと、ちょっと不安になる。だが、犬はおとなしい。その瞬間、近くにいたおばあさんが「地震だ！　ほら、崩れる！」と叫んで、交差点を対角線に走り出す。確かに道路に面したボロ家が崩れそうに傾いているが、これはもともとこうなっているのではないだろうか、とも思う。

　腕時計を見る。11時半だ。家に帰れるかどうか、ますます心配になり、心細さが増す。妻が車でここまで迎えに来てくれないだろうか。

　突然、場面が変わり、ぼくは布団の中にいて、妻の名前を叫んでいる。布団がじゃまで、見えないのだが、妻が部屋に入ってきた気がするものの、妻はぼくに気づかないらしい。ぼくは必死で妻を呼び続けるが、その声はかぼそく、妻は出ていってしまった。
　やっと布団をはいでみると、ぼくがいるのは上下左右を障子の桟が双曲線を描いて取り囲んでいる四次元的な空間である。ぼくはもうここから脱出できないかもしれない。天井に、白いカーテンを丸めたようなものがぶらさがっている。ぼくは「そうだ！　音楽がいた！」と叫んで、カーテンのようなものを引っ張る。すると、それは床に落ちて、若い男性に変身する。男性はぼくに「ぼくは音楽だ。さあ、ぼくが来たから、音でみんなを呼ぼう！」と言う。そして、ぼくと音楽とは二人でリズムをつけて、障子の壁を叩いて回る。この音を外にいる誰かが聴き取ってくれますように……。

12月23日の夢（偽の自分とトイレで死闘）

　トイレに入り、便器に腰掛けようとすると、お尻が何かにつかえる。振り返ると、便器には既にぼくが腰掛けていた。しかも、汚物にまみれて、ぼろぞうきんになったようなぼくだ。驚いて、ぼくはその自分を流してしまおうと、水洗のハンドルを回す。どどっと水があふれるが、汚いぼくは流れない。さらにどこからか、三人目のぼくが現れる。そいつはぼく自身にはちっとも似ていないが、胸に「ラベル」と書いたラベルを貼った偽物だ。二人の偽のぼくは、ぼくを捕まえて窓から外へ放り出そうとする。窓の外にはラプラタ川が流れている。ラプラタ川へなんか流されてなるものかと、ぼくは二人の自分に抵抗し、死闘が始まる。

◆２００６年

1月9日の夢（タクシーの隠し子）

　久しぶりに詩の賞を受賞した（現実ではありま

せん)。今、夜の7時半だ。そのことを学生時代の詩のサークルの先輩であるO氏にこれから報告に行こうと思う。ここは名古屋で、O氏は多治見に住んでいるので、今からタクシーに乗れば8時には彼の家に着くだろう。玄関で5分間ほど立ち話をして、それから家に戻ればいい。

しかし、タクシーはいつまで経っても名古屋市内を走っている。運転手は「疲れたので一休みしたい」と言うと、いきなりスピードを落とし、ぼくを助手席に乗せたまま、ドアを開けて道路に飛び降りてしまう。うわっ。ぼくはハンドルを握って、完全にタクシーが停車するまでブレーキを踏むが、タクシーは路肩を踏み越して、脱輪してしまった。だが、幸いすぐに道路に戻れた。

はっと気がつくと、いつのまにか知らない男の子が後部座席に乗り込んでいる。「降りなさい」と声をかけると、素直に降りていった。だが、タクシーが走り出すと、車内のあちこちに隠れていた子供たちが次々に現れる。赤ん坊をおぶった子供を含め、女の子ばかり六人だ。しかたなくぎゅうぎゅう詰めで多治見を目指す。しかし、8時を回っても、まだ多治見は遠そうだ。

また、気がつくと、ぼくはいつのまにかタクシーを降りて、道路で子供の一人と話し込んでいたらしい。そんなぼくにしびれをきらして、タクシーは勝手に走り出す。窓から顔を出した運転手は、今までは男性の運転手だったのに、若い女性に変わっている。ぼくはなぜか彼女の名前を知っていて、その名前を叫んで呼び止めようとするが、タクシーはどんどん先へ行ってしまい、姿が見えなくなる。ぼくと子供は電動車椅子のようなものに乗って、後を追いかける。だが、大きな交差点で四方を見渡しても、タクシーの姿はない。

ぼくと子供はしかたなく、テーマパークのようなところへ入る。洞窟があり、洞窟にあいた穴から、ウォーターシュートが見える。若いカップルが別れ話からケンカを始め、女性の方がウォーターシュートのスイッチを入れてしまう。彼女自身を含め、周囲にいた女性たち十人くらいが綱引きのようにロープにつかまったまま、「きゃーっ！」という悲鳴を上げながら、あっという間に坂を滑り落ちて湖の中に引きずり込まれる。彼女たちの消え去ったあとに大きな波が立ち、ざぶんとその波がぼくの足下を濡らす。

ぼくは連れの子供を振り返る。それは十一、二歳の少女だった。ぼくは彼女の肩を抱き、「本当に愛していたのは、きみだったんだよ。でも、親子としての愛だけどね」と言う。

7月26日の夢（女魔法使い）

会社から帰宅しようとして、電車を乗り間違え、降りてみたら、そこは中野駅だった。もう一度、電車で新宿に戻ろうかと思ったが、もう8時10分前で、帰宅が遅くなってしまう。駅前でタクシーをひろおうと思う。

道路のこちら側では空車がつかまらないので、反対側へ渡り、ちょうど走ってきたタクシーをつかまえる。だが、タクシーだと思ったのは女魔法使いだった。魔法使いはぼくを抱いて、魔法の力で家までひとっ飛びしてくれるという。喜んで魔法使いに抱かれると、ぼくの体が空中にふわりと浮かんだ。目をつむって心地よい飛行の揺れに身を任せる。そろそろ着いたかなと思って、目をあけてみる。魔法使いは泣きそうな声で「全然飛べてない。まだ私たちは世田谷区にいるの」と言う。

8月8日の夢（真っ暗闇）

夜、名古屋の生家に帰ろうとして、覚王山の岡の上まで帰ってきた。ここから坂を下れば、もう生家はすぐそこだ。そのとたん、世界が停電になったように、真の闇になり、何も見分けられなくなった。でも、ここから生家までの道は手に取るように分かっているので、這ってでも帰ろうと思う。

8月12日の夢（原宿の洪水）

会社の一部屋に布団が敷き詰められ、布団部屋になっている。四方の壁も全面青緑の布でおおわれている。ぼくは会社で徹夜明けで、午後4時に帰宅することにする。会社を出てタクシーに乗る。そこは以前会社のあった原宿の街。街は洪水になっており、路面には一面泥水があふれている。どこから水が来たのだろうと眺めると、通りの反対側のビルのてっぺんあたりから、水がどんどん流れ落ちてくるのだ。

乗ったタクシーは運転席が後部座席にあり、ぼくの前はフロントグラスだ。とても景色がよく見えるかわり、ほかの車に衝突しそうでちょっと怖い。道路には洪水対策の作業車がたくさん出動しており、両側にそれらが並ぶ真ん中をタクシーは走る。作業車がドアを開けたり、作業員が降りて作業を始めようとするので、今にもタクシーはその間で動けなくなってしまうのではないかと気が気でない。だが、うまい具合にタクシーはそれらをすり抜け、ゆっくりではあるものの着実に前進していく。こんな状況の中でこの道を進めるのは、きっとぼくの乗ったタクシーが最後になるだろうと思う。

11月11日の夢（カメラ付き缶ビール）

会社の同僚の女性は長年同棲生活をしていたが、いよいよ正式に結婚するらしい。結婚後の運命が分かる機械がある。秤の皿のようなところに自分の首を載せると、口が自動的に動いて、結婚後の未来を予言するのだが、そのとき頭の上から一筋煙が立ち上る。

大掃除で、掃除機をかけている。ふと虫を吸い込んだのに気づき、よくよく見てみると、今までぼくの寝ていた万年床の端のところに、びっしりとさまざまな虫が何列にも並んでたかっているのだ。中には小型のネズミまでいて、みんなじっとしている。汚いので、掃除機で次々と吸い込むが、すぐに詰まってしまって、吸い込めなくなる。

ホテルで浴槽にお湯を張る。そろそろいっぱいになったかなと思って、見に行くと、もうお湯はあふれてしまって、部屋の敷居を越え、廊下まであふれ出している。慌ててお風呂の栓を抜き、カーテンを引いて、人々の目から浴槽を隠す。

某社のリゾート施設に取材で滞在している。某社はカメラ付きの缶ビールを開発して、大人気だ。ぼくは取材のプロとして、その缶ビールカメラでみんなを撮影しなくてはならないが、使い方がよく分からず、きちんと撮れるかどうか不安だ。

11月19日の夢（人生の駅）

隣の駅まで電車で行き、戻ることにする。自販機で130円の切符を買おうとするが、コインが入らない。自販機にはいろいろな種類があって、ぼくの買おうとしていた機械の下には「その他」と書かれた自販機がある。この自販機でもいいかもしれないと思い、コインを入れると、機械ではなく、隣の窓口から男の駅員が、回数券のように何枚か綴りになった切符を手渡してくれた。だが、よく見ると、それは電車の切符ではなく、「愛のなんとか」という名前の喫茶店かバーの回数券だった。

ぼくはその回数券を持って、ずんずん駅の中に入っていく。幸い、改札がないので、そのまま線路を渡って、ホームへ上がろうとする。今渡った線路を貨物列車がやってきた。これから渡ろうとする線路には、客車が反対方向からやってきた。客車の運転手がぼくに「その貨物列車は長いぞ。さあ、人生の意味をよく見ておくように」と叫び、ある一点を指さした。指さしたところには、石碑のようなものが建っている。たまたまぼくの後から線路を渡ろうとした老人と共に、それを眺める。

電車に乗って、元の駅に戻ってきた。さっきの駅で切符なしで入ったから、この駅から出られるかどうか心配だ。案の定、あちら側もこちら側も踏切棒が降りていて、ぼくは駅から出ることができない。

12月9日の夢（体を買い換える）

乗っている船が沈みかけている。既にだいぶ沈んでしまったのか、息苦しい。水中でも大丈夫な立派な体が1000円くらいで売られているので、お金を払って、急いでその体に買い換える。

◆2007年

2月15日の夢（ぼく行きのバス）

バスターミナルでバスを待っている。そのバスに乗れば、1時までに市内に住む著者の家に着けるはずだ。だが、ぼくはどうやら乗るべきバスの発車案内を聞き逃したらしい。ターミナルの奥の待合室にいたぼくは、慌てて入り口まで走っていってみたが、乗りたかったバスの姿はない。タクシーに乗らなくては、と思う。

見ていると、いろいろな行き先表示のバスが発車していく。最後に、ぼくの名前を行き先表示にしたバスがやってきた。このバスは一番遠くまで行くらしい。

4月10日の夢（エレベーター）

どこかのビルで一階から二階に行くため、エレベーターに乗る。ぼくといっしょに若いカップルも一緒に乗る。エレベーターは横幅は普通のエレベーターと同じだが、奥行きは人が一人やっと乗れるくらいしかない。おまけに、エレベーターの中はものすごい風が吹いていて、「二階」のボタンを押すのも大変。若いカップルも、ぼくを「大丈夫ですか？」と気をつかってくれながら、「きゃーきゃー！」と叫ぶ。

エレベーターには窓があり、見ているとエレベーターはモノレールのような一本レールの上を横に走りだした。ジェットコースターのようにアップダウンを繰り返しながら、空中を走り、全然別の場所に走っていく。このビルの二階は随分離れた場所にあるのだ。

エレベーターはさらに走り続け、線路も何もないコンクリートの上を進んでいく。その向こうに、普通の鉄道用の二本のレールがあり、エレベーターはそれに乗って、駅のプラットホームに走り込む。ホームではなく、レールの上に若い小太りの男の駅員がいて、エレベーターを誘導し、今にも轢かれるという寸前にぱっとホームに跳び上がって、手動でドアを開けてくれた。

やっと「二階」に着いた。カップルは入場券の半券を駅員に出して、中に入っていった。ところが、ぼくはそんなものが必要だとは思ってもみなかったのだ。コートや上着、ズボンのポケット等を探し回るが、出てくるのはゴミばかりだ。

8月28日の夢（二十郎とエノケン）

ギターの弾き語りで歌っている。歌詞は「太郎がこんなに悲しい。二郎がこんなに悲しい。三郎も四郎も悲しい。ぼくらがこんなに悲しいなら、二十郎はどんなにもっと悲しいだろう」という歌。

日比谷公園のあたりを観光バスに乗って走っている。ガイドを務めているのはエノケンのようだ。ふと振り返ると、窓の外の風景がモノクロになっている。しかも見えるのは、昔の日比谷の風景だ。蓮池の向こうにごつごつした山脈がある。かつてここにはこんな山があったのかと驚く。

◆2008年

2月17日の夢（携帯が通じない）

夕方、会社に撮影用の小物が届いた。夜、それを持って、原宿スタジオに撮影に行く。だが、気がつくと、なんと、肝心のその小物を会社に忘れてきてしまったのだった。

誰かに持ってきて貰おうと、ラフォーレ原宿の前で携帯電話をかけようとする。だが、携帯の押しボタンは数字がなぜか飛び飛びに並んでいる上、サンタの顔のようなアイコンが数字のかわりに並んでいる。そのため、何度やっても押し間違える。ふと気がつくと、携帯ではなく、ラフォーレのウィンドウに貼ってある同じようなアイコンを押していたりする。やっと正しい番号を押すことができたが、これだけでは発信しない。耳に当てた携帯から女声のコンピューターボイスが聞こえる。どうやら発信ボタンを押す必要があるらしいが、それがどこにあるのか分からない。ようやく発信ボタンが右下にあるのに気づき、押してみると、またコンピューターボイスが「お客様の押された番号で沢山のメッセージが入っていますので、正しいものを選んでください」と言う。それらのメッセージを聞いてみると、全く関係のないものばかりだ。

何度目かの挑戦の末、ようやく電話がかかった。ところが、かかった先は会社ではないらしく、「間違い電話だと思います」と、がちゃりと切られてしまった。もう一度、かけ直す。今度は男の声で「Ｙですが、今遠くにいるので……」と言う。そんな相手にかけた覚えはないので、慌ててこちらから「間違い電話だと思います」と言って、電話を切る。

ついに携帯を使うのをあきらめ、原宿で公衆電話を探す。しかし、そんなものは原宿にはない。

いつのまにか会社に戻っている。印刷所のＫさんがちょうど小物を持ってきたところで、「スタジオの住所を教えてくれれば、車で届けますよ」と同僚に言っている。喜んで、Ｋさんに話しかけるが、別の同僚が別の用で同時にぼくに話しかけたため、Ｋさんにぼくの声は届かなかった。

3月12日の夢（もろい地盤と擬装機械）

ふとある風景を写真に撮りたくなって、知らない土地に入り込んだ。夢中になってシャッターを押した後で、気がつくと地面が変だ。真っ黒な土が雨で浸食されたためだろうか、一面にタケノコを突き立てたように、円錐形の土の塔が並び、その尖端にぼくは乗っているのだ。この土の塔が崩れたら落ちてしまう。なんて、もろい地盤の上にぼくは立っていたのかと、びっくりする。

工場の中にいる。ここは擬装された工場だ。図面で見る限り、ここに置いてある機械は、その人の掌の形に金属を打ち抜くために作られたもののはずだが、その向こうに置かれているのは原子力発電所用の金型を打ち抜くために作られた擬装機械だ。それを社長と営業部長が熱心に見ている。

3月19日の夢（耳の後ろに生えたてのひら）

髭を剃ろうと鏡を見ると、右耳の後ろに皮膚の出っ張りがある。引っ張ってみると、鳥が翼を開くようにそれが広がった。なんと、ちゃんと五本の指のある右のてのひらそっくりのものが、生えているのだった。左耳も調べてみると、右耳ほどではないが、やはり耳の後ろから小さな左のてのひらが生えていた。

4月20日の夢（天皇になる）

ぼくは天皇だ。朝食を食べる。天皇なので、テーブルには毎朝、和食から洋食まであらゆるメニューが並び、よりどりみどりだ。いつもはパンを食べるのだが、今朝はいたずら心を出して、おかゆを食べることにする。若いシェフが「天皇はいつも何を食べるか分からない」とぶつぶつ言っているのが聞こえるが、無視する。そのまま和食を食べ続けようとするが、目の前にケーキの山があるのでつい一個食べる。おいしい。イチゴのショートケーキやチョコレートケーキなど、いろいろなスイーツがあるのでついつい手を伸ばして食べてしまう。

6月28日の夢（女性の死体を食べる）

昼食をみんなと一緒に床に座り込んで食べる。ぼくのお弁当は透明ファイルブックに入っている女性の死体の丸干しだ。一ページごとにさまざまな人種やキャラクターの若い女性の死体が、小さく縮んで入っている。中にはもう少し変色しているものもある。ページをめくり、なるべくまだ変質していない新鮮そうな死体を選んで、口に入れる。とても甘い味がする。食べている途中で、こんなものを食べているところを見つかったら恥ずかしいと思い、慌てて隠し、さらに借りてきた某財団へ返しに行く。

◆２００９年

1月12日の夢（昭和天皇の息子）

遊覧船に乗せてやるといって、父がぼくを港に連れていき、乗船券売り場でチケットまで買ってくれた。ぼくはすっかり大人で、父は死んでから30年以上も経っているというのに、父の前に出ると、ぼくはやっぱり子供のようになすがままになってしまう。

遊覧船が出るまでの間、ここで待っていなさい……と言って、父はぼくをレストランに置き去りにして、どこかへ行ってしまった。ぼくの座っているのは、レストランの屋外に置かれたテーブル。屋内のテーブルには次々と料理が運ばれてくるのに、屋外のテーブルにはちっとも料理が来ない。ほかの客が女性従業員に文句を言うと、彼女は喧嘩腰で「ここは中の店とは全く別で、自転車で料理を運んで来るのよ」と言われる。やっと料理が来たが、それは冷たい駅弁だった。

それにしても出航時間が迫っているのに、父は遅いなあ。やっと父が戻ってきた。戻ってきた父を見ると、ぼくの父は昭和天皇その人だった。

10月27日の夢（人肉食）

家に食べるものがなくなった。妻が「人の肉はいく日位で腐るものでしょうか」と言う。ぼくははっとして、「馬鹿なことを言うものではない」と答える。だが食事の時間になると、母だろうか、父だろうか、「誰か肉を取ってこい」と言う。誰も取りに行かない。けれど、母がどこかから調達してきたのだろうか。いつのまにか食事が用意されている。

今、我が家は改築中で、大工さんたちが何人か家の前の空き地でお昼休みをとっている。彼らにも食事を出さなければならない。ぼくはお椀に入ったウドンのようなものを一つ手にして、その内の一人に手渡す。一つずつ運んでいたのでは間に合わない。ぼくはお盆を探し、その上に人数分載せて、運ぼうとするが、つまずいて一個を落としてしまう。だが、これはウドンのように見えても人肉なのだ。どうせ不浄のものだから、いいのだ。ぼくは床に落ちたウドンを拾って、お椀に入れ、大工たちに手渡す。

みんなで食事を始めようとした瞬間、あたりは真っ暗になった。ごうごうと風が吹きわたる音がして、家の壁に火がついた。ぼくの服にも火がうつった。急いでもみ消す。機関銃の音が響き渡る。棒立ちしていたぼくは、気がついて、慌てて床に伏せる。ドアを蹴破って、銃を構えた人々がなだれ込んでくる。ぼくらが殺して食べていた被支配民族の人たちが蜂起したのだ。「生き残りを探せ」と男が言う。武装した人々は一斉に、死んだふりをしていたぼくをくすぐり始める。ぼくはこらえきれず、「やめてくれ。早く殺してくれ」と叫んで立ち上がる。人々の銃口が今まさに火を噴こうとしている。

11月26日の夢（立ち乗りタクシー）

仕事で出かけなければならないが、そこは電車をいくつも乗り継いでいかなければたどりつけない場所だ。

一つ目の電車に乗る。窓から雪をかぶった富士山が大きく見える。あれ？　ここはもう山梨なのだろうかと思う。降りる駅が近づいたので、ドアの近くに移動すると、鞄がどこかに引っかかっているのに気づく。ドアにはさまれたのかと一瞬ひやっとするが、そうではなく座席と車体の一部に引っかかっていただけだった。

最初の乗り換え駅で、時間待ちのためレストランに入る。そこでは劇団が公演をしている。今日が初日らしい。そのステージには誰でも飛び入りで参加できるという。今日の公演に参加するという女性とぼくは知り合いになり、彼女に「ぼくもこれから毎日ここに仕事で寄るから、いつか必ずぼくも出演するね」と言う。

次の電車に乗り継ぐため、再び駅へ向かおうとして、またはっとする。目薬を冷蔵庫に入れたまま、持ってくるのを忘れてしまったのだ。そして、それとは別の目薬を持って来てしまった。

レストランは高いところにあるので、そこから地上に降りるのにはエレベーターに乗る必要がある。彼女と二人で乗ろうとしていると、見知らぬ男性がやってきて、三人でエレベーターに乗る。エレベーターは四方の壁も床も天井もガラスでできた透明エレベーターだ。

地上には客待ちしているタクシーがいる。三人で乗り込むと、中年の運転手はものもいわずに走り出した。ここから乗る客は駅にしか行かないと決めてかかっている様子だ。ふと気づくと、ぼくと女性は後部座席にいるのだが、そこには座席がなく、二人とも立ったままだ。小型のタクシーだからだろう。

12月6日の夢（革命）

政府に対立する市民の革命軍が決起した。しかし、この革命軍は武器を持たない。丸腰の部隊だ。

今、市民軍は銀行を占拠し、中にいた人々を外に連れ出した。その部隊に交替して、外に残っていた部隊が中に入った。外に残ったのは、ぼくと、もう一人の男性だけになる。

その男性はぼくを「私たちの大統領です」と市民たちに紹介する。市民たちの中にAカメラマンがいて、にこにこしながら「お休みから帰ってきたのに、仕事をしないままになりましたね」と言う。ぼくも笑い返す。いずれぼくらの革命は鎮圧され、代表者のぼくは殺されることになるのだろうなと、ちらと思う。

ト◯タの社長など、財閥の家系は近親婚を繰り返しているらしいことが明らかになった。彼らの血筋には特殊な能力を持つミュータントが代々現れる。それで、その血筋を絶やさないよう、近親婚をしているらしい。

四角いやぐらごたつのようなものを囲んで、男性と商談をしている。男性はとても背が高い。ぼくは突然、尿意を催し、立ってそのやぐらごたつの中に放尿する。慌てて男性も立ち上がり、反対側にいた別の男性は身をひるがえして外へ出ていく。一瞬、それはおとなに見えたが、次の瞬間には子供に変わっていた。

それからまた商談相手とぼくは商談をするために座る。やぐらごたつの中にはなみなみとぼくの尿がたまってしまったため、男性はそれに足を突っ込まないよう、無理な斜めの姿勢で、向こう側に足をかけていたが、足がすべって尿の中にどぼんと落ちてしまう。「これはぼくのおしっこですね」と言って、ぼくは苦笑する。

◆２０１０年

9月10日の夢（地下ネットワーク）

御茶ノ水駅に入ろうとする。改札口は円形の柵に囲まれていて、二か所に駅員のいる改札がある。一か所に切符を投げ込むが、他の乗客は通過できても、ぼくだけ入場できない。だが、何食わぬ顔をして、反対側の改札に行く。改札の駅員に入り方を教えてもらい、ようやく入場する。ホームには垂直のはしごを登らなくてはいけない。途中で別のはしごに乗り換えて、苦労してやっとホームに出る。

食堂に入る。沢山の人々がいくつかの円卓を囲んで食事している。荷物を預けるように言われ、大きなスーツケースを床板の下にある荷物置き場に入れる。食べ終わり、帰ろうとするが、そこに置いたぼくのスーツケースがない。もう一人、荷物がないという男性と一緒に、女主人を呼ぶ。荷物置き場は地下深く広がっていて、もう一人の男性の荷物は洗浄機にかけられていたのが見つかる。ぼくの荷物だけがない。もしかしたら、機械が勝手に自宅宛発送してしまったのかもしれない。その確認にはあと一時間かかると、女主人は言う。地下には都市全体に張り巡らされたそんなネットワークがあったのだ。

9月24日の夢（システムオムライス）

レストランの食券売場で行列している。一番前に並んでいるのは女子大生。次がぼく。ぼくの後ろも男女の学生たちだ。オーダーする直前になって迷い、行列を離れてショーケースの見本を見に行く。よし。やっぱり「システムオムライス」にしよう。その間、ぼくの後ろの女子大生も迷っていたらしく、間を詰めないでいてくれたので、そのまま二番目でぼくはシステムオムライスの食券を買う。食券を売るのは民族衣装を着た若い女性。ぼくが１０００円札を出すと、勝ち誇ったような顔をして、「システムオムライスは値上げしたので、１１２５円よ」と言う。慌てて１００円玉を追加する。「あと25円」と言われ、財布を覗くが

5円玉がない。彼女に10円玉を三枚渡し、「つりは要らないよ」と言う。
　その間に後ろに並んでいた学生たちが次々とテーブルを占領する。慌てて、自分の席を確保する。そして、ぼくのシステムオムライスが運ばれてきた。食べようとしたら、システムオムライスは半分大皿からテーブルの上に飛び出してしまった。箸でつまんで懸命に皿に戻そうとするが、どうしても全部は戻らない。量も少なく、これではお腹がいっぱいにならない。ほかの学生たちの食べているのを眺め、「こんなことなら、普通のオムライスにすればよかった」と後悔する。

9月29日の夢（津波）

　理由は分からないが、ぼくは何か問題を起こしたらしく、人々から激しく追及を受ける。
　外へ出て、列車に乗る。窓から見る外の風景は想像を絶するものだった。近代的な都市の景観はそこにはなく、昔風の日本家屋が建ち並んでいる。それを海から押し寄せた大津波が次々と押し流していく。海岸線には巨大なアオサギが沢山羽を休めている。そして青い制服に身を包んだ不気味な若者たちの集団が、そこここで無言の行進をしている。彼らは津波の惨状には見向きもしない。

10月14日の夢（大津波）

　世界が最後を迎えようとしている。海からもうすぐ大津波が押し寄せてくるのだ。しかし、建物にはサバイバルルームが設けられており、ぼくもその中に隠れる。さらに津波を攻撃して、それを無力にする防御システムもあり、ぼくはそれを操作する。しかし、本当に巨大津波が襲来したら一巻の終わりかもしれない。警報が鳴った。ぼくはシェルターの中に走りこむ。

11月30日の夢（悪夢）

退職したはずなのに、まだ会社で働いている。銀座の広い舗道には大きな電話ボックスのようなガラス張りの休憩所が点々と並んでいる。その中にいろいろな品物を置いては写真を撮る。その写真をレイアウトしてラフを作り、クライアントにプレゼンするのだ。一つ一つボックスを移動しながら撮影するので、大変な手間がかかる。だが、わざわざ移動する必要などないことに気づく。一つのボックスですべてのカットを撮影することにする。だが、いったん外に出て振り返ると、もうその休憩室には別の人が入っていて、戻ることができない。

とりあえず会社に戻る。手書きでラフを作り、癌でとうに死んだはずの社長のN氏に見せる。N氏は一瞥して「気に入らんな」と言って、突っ返してくる。だが、ほかにどうしようがあるというのだ。大体、ぼくはこの会社を退職したはずなのに、なぜこんなことをやっているのだろう？

目覚めると、隣の布団に父が寝ている。30年前に死んだはずなのに。布団をまたぎ越すとき、少し父の体を踏んだようだ。廊下の窓から競技場が見える。そこで慶応のラグビー部が試合をしている。姿は見えないが、母の声がして、「さっきまでおばあちゃんが慶応の歌をうたって、応援していた」と言う。もちろん祖母の姿も見えない。寝床に戻ろうとすると、父が寝たまま「さっきおれを踏んだだろう」と、ぼくをなじる。あいかわらずいやなやつだ。

ブログ『ころころ夢日記』抄

◆2011年

10月12日の夢（青い封筒）

トイレに行く。トイレは畑で、おばさんが一人掃除をしている。真ん中に青くて大きな封筒が口を開けたまま、土に差してある。これが便器だろう。しかし、用を足し始めるとみるみるいっぱいになり、溢れそうになるので慌てる。なんとか最悪の事態は回避できたが、どうもこの封筒はおばさんの大切なものだったらしい。

ぼくはおばさんのすきを見て、封筒をかっさらい、捨て場を探しに行く。街の中はガードマンの目が光っていて、なかなかいいところがない。その警戒をくぐって、一つの路地に入る。そこには全く人けがなく、道路には丈の高い雑草が生い茂っているのに、周囲は立派な住宅が建ち並んでいる。まるで死の街だ。しばらく歩くと、ある境界を越えたとたん、世界がぱっと夜のように暗くなる。ぼくは丈高い雑草の中に青い封筒を隠し、逆戻りしてガードマンの目をかすめ、再びさっきのおばさんの畑に戻る。

会社に戻る。ぼくの着ている服には汚れや傷がいっぱいついている。自分がしてきたことを社員たちに嗅ぎつかれるのではないかと心配になる。

＊**自註**：記憶にないほど若い頃から私は夢日記をつけており、現在も自らのブログ「ころころ夢日記」で日々更新中である。ここに引用した夢には一切アレンジや省略といった手を加えていない。詩篇と比較して読んでいただくと、夢が私の詩の大いなる源泉となっていることがおわかりいただけると思う。

解説

九番目の純粋王国　あるいはラビリンス

伊藤浩子

原稿依頼を受けてからすでに五ヶ月ほどが経っているが、そのとき抱いた嫌ぁな感じをよく覚えている。というのは、もしかしたら書けないかもしれないという予感めいたものがあったからだ。いや、書けないんじゃないな、もっと正確に言うと、**書ききれないかもしれない、という確信**に近い感覚だ。

その一方で、詩集はぜんぶ持っているし、新詩集は編集までしたのだから、書けないわけがないだろう……という変な安心感もあった。一色真理論をもし書くなら、この不肖・伊藤浩子しかないしぃぃぃぃ……なんてね。

それがまずかったのかもしれない。第一詩集『戦果の無い戦争と水仙色のトーチカ』から、新詩集『エス』までですでに五回は通して読んでいるのだが、入ったのはいいけれど、**出口がないラビリンス**で立ち尽くしている。道順を記した親切そうな矢印はいくつかある。例えば、こっちは父親殺しですよー、向こうは学校ですよー、精神分析ならあそこね、原稿用紙はそこですよーetc. etc ……。だが矢印が差す方向へいざ向かってみると、そこには出口などあろうはずがなく、細分化され稠密に広がる更なる巨大迷宮が待っているのだ。

私がまだ詩や文学などという心身に悪いものを知らなかった十代のころ、奈良公園に巨大迷路のアトラクションがあったが、その迷路の中で体験した軽いパニックを思い出す。それは言葉にすれば、自分がどこにいるのか分からない、ここがどこなのか分からない、もっと言えば、**自分が自分である必然性は必ずしもない**、というものだ。

そう、一色真理という詩人は、詩もしくは物語という形式を利用したエンターテイナーもしくは、言葉は悪いが詐欺師（だって、こんな戸惑う世界だなんて知らなかったもん）、**集合無意識のどこかにある純粋王国あるいは迷宮**の王様なのだ。王様に会いたくなって一歩、足を踏み出せば（ページをめくれば）、そこは今まで見たこともも聞いたこともない恐ろしい世界、だが、なぜかなつかしく心を揺さぶられる世界が広がっている。私たちはそこで「私自身」に出会う。ときに「私自身」しかいない部屋がある。また私たちはそこで「悪夢」にも出会う。忘れていた「願望」を思い出す。父母や兄弟の「もう一つの顔」をも見るだろうし、私たち自身の「死」にさえ遭遇するかもしれない。言葉は言葉ではなく、**夢は既知の夢ではない**。そういう世界で最終的に頼れるものは何か、「王様」は私たちに（勿論、王様自身にも）常にチャレンジしている。私たちはどこから来てどこへ向かおうとしているのか？　実際に純粋王国に入り、順を追って観てみることにしよう。

1　ベトナムでは戦争が行われていた

「寝場所」でなければ「白色嫌い」

僕は　闇黒の　芯で　目覚めて　いた
デラックスな　一級犯収容所は　僕の　意志と　無
関係に　消灯する

獄吏の　ひとりが　犬を　飼って　いる
スピッツと　いい　白い　房毛が　鮮かで　ある
いつも　鋭く　吠えたてる
獄吏を　狂的に　愛し　獄吏に　親しむ人を　妬み
喚き　嘲笑される
時に　雪の　庭を　駆けまわって　足に　泥雪を
つけた儘　通廊を　渡り歩く
僕には　彼《か》の犬が　雪を　喜ぶのが　わからない
夜　雪は　やんだ

寝台に　耳を　つけると　彼《か》の犬の　寝場所より
変な　音が　やってくる
ごぼごぼ　と　水の　洩れるような　声
病的に　這い歩く　擦過音
カーペットを　掻きむしる　響き

犬は　吐いて　いた
いっぱい　雑炊の　真白なのを　床に　撒き　展べ
て　いる
犬は　苦しんで　掻きむしり　床を　ころげまわっ
て　吐く
その度に　烈しい　音の　波と　白い　内容物が
散乱の　度をたかめる

僕には　視えないが　その　苦悶は　はっきり　し
ている
犬の　寝場所は　通廊の　静寂の　つきあたり
小さな　壁の　凹み
夜は　閉めきられる　ささやかな　一地点
その中で　犬は　苦しむ
苦しんで　転々する
僕には　視えない
ただ　僕には　わかる

又　雪が　降り出した
コンクリの　白い　壁は　永久凍土よりも　冷たく
広がる

第一詩集『戦果の無い戦争と水仙色のトーチカ』は一九六六年に発行されている。一九六六年といえばビートルズが来日し、一色の在学中の早稲田大学も大学闘争の真っ只中だった。我らが年。だからというわけではないだろうが、一読すると反権力・闘争の作品群と取られがちだが、実際はそうではない。引用した作品も、収容所の獄吏の犬を象徴的に描きながらも、孤独、苦悩、絶望など人間が持ちうるぎりぎりのところを訴えている。ここでは誰もが「獄吏」「一級犯」「犬」になりうる、心的現象として、可能性として。そのことが**固定されたアイデンティティの空虚さ**によって逆説的に描かれている。また「獄吏」が父性の代名詞ならば、**「収容所」はもはや収容所ではない**だろう。

このように、**心象を二重三重にも重ねていき、その重なり方に普遍性が見出せる**とき、そこには快感と、ずいぶん遠いところまできてしまったなあ、という一種の戸惑いがある。

2　心の話をしてはいけません

> ぼくらの教室には、入学以来ひとことも口をきかぬ男の子がいた。ぼくらは彼を嘲笑し、さかんにはやしたてた。でも、彼は表情ひとつ変えず、ぼくらの石つぶてのような言葉をのみこんでしまった。彼の沈黙はまるで底なしの穴だ。彼の名前は〈心〉だった。

第三詩集『純粋病』の中の「心」という作品の第一連である。ここでは語り手は「ぼくら」に含まれ、読み手は語り手の視線でもって「物語」を読むだろう。四連五連は次のようになっている。

> 〈心〉はある日、学校へ来なくなった。先生は、〈心〉は病気だと言った。それから一年たっても、〈心〉は戻ってこなかった。〈心〉はなおらない病気なのだ、と先生は言った。生まれたときから、ずっとずっと病気だったのだ。
>
> 「〈心〉のことは忘れなさい。〈心〉の話をしてはいけません」と先生は言った。

ここまでくると、ふと、括弧付きの心が何を指しているのか、曖昧になり、不安を掻き立てられる。心の話をしてはいけない？　思想規制？

その後、「ぼくら」は「〈心〉」の家へ見舞いに行き、「〈心〉によくにたきれいなおかあさん」や「白い椅子にかけている〈心〉」と会う。それにしても「心のおかあさん」とは不思議な感触の言葉だ、ユングのグレートマザーを思い起こすのは私だけではないだろう。グレートマザーは勿論、**豊穣の象徴であり、同時にすべてを呑み込む貪欲な悪しき母性**でもある。

二年たって、ぼくらはまだ〈心〉のことを忘れていなかった。でもお見舞に行く仲間はひとり減り、ふたり減り……三年たって、〈心〉のことを覚えていたのは、もうぼくひとりだった。その日、ぼくはやっぱりお見舞の花束を持って、ひとりで〈心〉の家に向かった。

〈心〉の家のブザーを押すと、おかあさんがドアをあけた。それは、ぼくのおかあさんだった。そして、暗い部屋へぼくは入った。白い椅子にぼくは腰をおろした。

ぼくはそれから、ひとことも口をきかない。何かを訊ねられると、ぼくは苦しんでいる人の顔になる。

先生は「〈心〉のことは忘れなさい」と、今日も友達に告げているのだろうか。

「『ぼく』が〈心〉である」ことは最初からうすうす感じ取れていたかもしれない。ここで私が問題にしたいのは、読み手の位置である。最初、読み手は語り手「ぼく」を含んだ「ぼくら」の視点でこの「物語」を読んだ。なぜなら「言葉をしゃべらない少年〈心〉」は、読み手と同質ではなく、あまりに特異な存在だからだ。だが後半、「ぼく」が「〈心〉」と同化したとき、**私たち読み手は「ぼく」から取り残される、決定的に放り出され、行き場を見失う**。この詩的ロジックには誰もが脱帽するしかないだろう。
これも幾通りにも読める作品で、字義どおりファンタジックな作品として楽しむこともできるし、母性との関係性に着目して読むことも可能だ。さらには、心と体が本当にひとつになることは**死の暗喩**なのかもしれない、とも取れるだろう。ここには**詩にしかできない業**が確かにある。

3　原稿用紙の中の王様・オイディプス

一色真理は最初から「なぜ書くのか？」という難問にかかんに挑戦してきた詩人だと言える。同じく『純粋病』と最新詩集『エス』から一部を引用する。

きみにとって書くことは戦いか？　最後の大きな戦闘が終った後枡目の有刺鉄線にぶらさがるのは、きみの書いた文字だ。傷つききみに見棄てられたひとりの兵士は、そこで長い間苦しみ続ける。

（「原稿用紙」）

あの日、ぼくの父親はひとりで二〇階まで上がり、そこから墜落した（ことになっている）。遺書は緑色の原稿用紙に赤インクで書いてあったので、父親の心臓からあふれでた血と混じりあい、読めなかった。

いや、最初から血で書いたのかもしれない。どこからが血で、どこからが文字なのか分からない。現代詩ってそんなものらしいね（笑）。

ともかく死を書き続けよう。（略）

「お父さん！　ぼくはあなたを殺しました。あなたから愛する妻を奪うために！」

これだから、コクヨの原稿用紙はいやなんだ。いつまでも赤インクが乾かない。ぼくの死体も父親の死体もいつまでも血を流し続けるばかりで、ちっとも本当には死ねないじゃないか。（略）

数えてみると、この死は八九行あった。つまり、ぼくと父親とはきみの読んでいる詩の上で、八九回殺しあった。そして、まだまだ殺しあうつもりだ。

（「川のほとりで」）

ここまで原初の衝動に忠実な作品もめずらしい。そういえば、**原初の衝動を記憶しているものこそが芸術家**だ、とどこかで読んだかもしれない。思わず目を背けてしまいそうになるがでも背けない、なぜならそこに自分自身をも見つけることができるからだ。ちなみにフロイトは、父親を亡き者にしたいという願望（原初の衝動）が**無意識に棄てられる**ことにより幼児の心は発達すると考えた。つまりこの切なる願望は消えてしまったわけではなく、心のどこかに眠っている、**あまりの生々しさに普段は抑圧されているだけなのだ。詩人・一色はそれをどうしても取り出し、形あるものとして突きつけたい。自分自身にも、或いは愛する誰かのためにも。そのためには書くしかないのだ、自分の手を汚してでも。**

明言しているように（「まだまだ殺しあうつもりだ。」）、一色真理は、父親を亡き者にし、それに取って代わりたいという願望が無意識のうちにある限り、詩（「死」）を書き続けるだろう。それは彼が夢を探り、無意識を味方につけた詩人である以上、抗えない運命なのかもしれない。

4　もうひとつの「父親殺し」

お父さん、ぼくはあなたを絶対に許しません。

これは、今から三十年前、亡き父親の告別式に喪主の挨拶として実際に一色が参列者の前で語った言葉の一部だという。個人的な会話のやり取りでその内容を知ったのだが、そのとき私が抱いた感情・感覚はさておき、この言葉に含まれる**根源的な問題**にもここで触れておきたい。もちろんそれが一色の詩を読む手がかりの一つになるからだ。それは、**罪悪感と自由とは何か**、という問題だ。

まずは罪悪感だが、例えばオイディプスが罪悪感により自分の両眼を潰したのは有名だが、もっと近しい例としては、「源氏物語」の柏木が挙げられる。詳細は別に譲るとして、では詩人・一色が、オイディプスや柏木に見られるような父親殺しに対する自責の念をまったく抱いていないかというとそうではない。『エス』の中の「喪失」という作品を全文、引く。

ぼくは立ち上がれない、と言って、椅子になってしまった。もう横たわることも、眠りに落ちることもないだろう。悲しみがすぐにその背を黒く塗りつぶした。それから窓の外は永遠の真昼だ。

高すぎる空に向かって、一度だけ公園のサイレンが大声で叫んだ。それでも草に埋もれた噴水は黙りこくったまま、ずっと考えている。ここからいなくなったのは、誰だったのかと。

小さくて見過ごされてしまいそうだが、隠れた名詩といって差し支えないだろう。おそらく無意識の罪悪感が一色にこの詩を書かせた。単純な恋愛詩として読むだけでは済まされない凄みがこの作品にはある。

第一行目の「ぼくは立ち上がれない」という言葉の持つ奇妙とも魅力的な違和感は、この言葉が詩人自身に向けた呪文のような趣を醸しているからであり、同時にあとに続く「眠りに落ちることもない」「永遠の真昼」といった言葉と相俟って、何らかの自罰のイメージを読者に想像させるからだろう。一色の生涯のテーマである「父親殺し」になじんでない読者にはあるいは唐突に響くかもしれない。余談になるが、自白を強要する拷問のひとつに囚人を眠らせないものがあるらしい。光を当てたり、大きな音を聞かせたりして徹底して囚人から眠りを奪う。すると囚人は重度の不眠症に陥るか、精神に異常を来たすという。そのことを一色が知っているかどうか定かではないが、**詩人は自分自身に「眠りを奪う」という最も苦しい罰さえ科す。何のために？　当然、（父親殺しの）罪悪感である。**

　言うまでもなく、父親を殺害した息子はすでに息子ではなく、ただの男である。更にその代償として、自分自身の一部、オイディプスなら眼を、柏木なら生そのものを失うことを予定されている。この作品に即して言うならば、腰掛けてくれる重要な他者、かつて自分と一体化していた他者であろう。

　つまり「父親殺し」とは、父権への隷属からの自由と引き換えに、**自分自身の一部を失うこと**と同義なのだ。だから先に挙げた一色の「お父さん、ぼくはあなたを絶対に許しません」という言葉には、翻って、どんなに自分自身が失われても、あるいはその行為に決して眠りという休息が訪れなくても、自由だけは奪わせないという詩人の、私怨を超えた、**実存を賭した決意が込められている**のだ。

　同じく『エス』から「句読点」という作品の一部を引く。

（前略）
蒲団の中にあるのはもちろん砂漠だ
地平線まで長く長く続いている

一行の文章をたどりながら
ぼくはどこまでもひとりで歩いていく
句読点がひとつもないので
もう休むことも
止まることもできない

五十年以上も前に見た

そんな色のない夢の中で
泣きじゃくりながら読んだ文字のことは
誰にも話せないまま
ずっと忘れていたのに
思い出したのは二十歳になって
好きな人と初めて性交したときだった

ぼくが書いた一番最初の詩の題名がそれだ
「父を殺した小学生」（後略）

と、ここまで書いてみて、私は一体、今まで詩人一色真理の何を見ていたのだろうと不安になる。何を見て、何を知っていたのだろう？　それを本人に確認してみたい衝動に駆られる、ねえ、一体ぜんたい、どういうことなの、と。あたしはどうすればいいの、と。

けれど、一色真理はここにはいない。はるか先の方を歩いていて、後ろを振り返ることもない。

5　夢

一色真理といえば、語るのに欠かせないのがその膨大な夢日記だ。例えば、最新夢日記はこんなふうになっている。

トイレに行く。トイレは畑で、おばさんが一人掃除をしている。真ん中に青くて大きな封筒が口を開けたまま、土に差してある。これが便器だろう。しかし、用を足し始めるとみるみるいっぱいになり、溢れそうになるので慌てる。なんとか最悪の事態は回避できたが、どうもこの封筒はおばさんの大切なものだったらしい。（後略）

「トイレは畑で、おばさんが一人掃除をしている」とは、光景が目に浮かぶようで奇妙な面白さがある。「青くて大きな封筒」と「便器」のアンバランス。もしかしたら性行為の夢なのかもしれないね。

夢を題材にした詩もとても多い。第八詩集『偽夢日記』と『エス』から一部を引用する。

色のついた夢を見るときはね
時間が夢の中に逆流していくときだ
点滴の管の中に　気づかないうちに
血液が逆流していくように
（「うさぎ」）

夢に現れる息子は、昼間覚醒している間、ぼくの人格の奥に隠れていた、もうひとりの見知らぬぼくだ。だから息子はぼくとそっくり。名前もぼくと同じなのだ。
（「コピー機の孤独」）

小説や詩の中に夢を持ち込むと必ず失敗すると言われているが、それは**夢を日常の文脈で語ろうとするから失敗する**のである。作品の中に持ち込むのではなく、夢をそのまま作品として展開させる。そのための夢日記だったのかもしれない。そこでは夢は詩人の言葉でもって描かれる。あるいは、ラカンが看破したように無意識がシニフィアンとして構成されているのであれば、その無意識を反映させている**夢が、詩の言葉であってもおかしくないだろう**、と夢想する。とまれ、一色は夢を作品として成立させた数少ない詩人の紛れもないひとりだ。いくつかの作品は日常の論理を超え、**成就しないという点においては、何よりもロマンティックである**。その「ロマン」を文字通り、夢のように描いた作品を『エス』の中から部分的に抜粋する。

ピアノは白と黒の蔓薔薇の花が絡み合い、あたしの行く手を阻む深くて暗い森だ。あたしはその森に素裸で走り込む。全力疾走するあたしの指が触れるたび、薔薇は毒のあるトゲで鋭くあたしの肌を刺し貫く。（中略）あたしは後ろをふりかえる。すると、いつかそこは極彩色の虹の森に変わっているのだ。雷鳴のような喝采が遠くから轟いてくる。けれど、誰もしらない。森のむこうであたしのうつせみが血の一色に染まって死んでいることを。　（「喝采」）

ぼくはゆきという名の口のきけない少女と愛しあい、ひとつ屋根の下で暮すようになった。（中略）若い日に、ぼくはこの家で、世界を凍りつかせる一行の詩を書いた。そのためにこんなにも長く続いた冬が今、ようやく終わったところなのだから。（「ゆき」）

もう一度、書いておこう。**夢は成就しない願望に満ちている。その点において夢に開かれた一色の詩は誰の詩よりもロマンティシズムを貫いている。**

6　合わせ鏡の奥に残るもの

私が編集者として新詩集『エス』を合わせ鏡のような構成にしたのは、すでにお分かりのように、無限に目の前に広がる空間（夢、無意識、ラビリンス、合わせ鏡etc.）を、一色の作品集から強く強く感じたからにほかならない。よく読んでもらえば、「鏡」という作品を真ん中にして、左右が二卵性双生児のように並んでいるのが分かるだろう。これは、**作品を創るうえで一色の無意識がすでにそのようになっていた**、と考えられる。「二卵性双生児」と書いたのは、両者がほんのちょっとずつ違っているからだ。それは言語の性質上、仕方のないことなのかもしれない。あるいはシニフィエに注目してもらえれば更に分かりやすいものになるのかもしれない。

合わせ鏡の奥の奥、一点を、目をこらして見つめていると、ぼんやり浮かんでくるものがある。消えそうで消えないもの。それはもしかしたら、こんなものかもしれない。

はじめからおわっていた。誰にもわかってもらえなかった。世界にひとつしかないそんな薔薇に近づいたらきっと、あなたの死の匂いがします。

（「はじめのおわり」）

さて出口は見つけられただろうか？　明日、目を覚ましたとき、あなたが立っているだろう場所は、昨夜、あなたが立っていた場所と果たして同じだろうか？　あなたはその夢からほんとうに抜け出せたのだろうか？　その答えを見つけるためには、私たちはもうひとつの純粋王国*に入っていくしかないのかもしれない。

＊「純粋王国」は、一色の第七詩集『元型』の「天の滴」の中の言葉です。

＊本稿は「詩と思想」二〇一一年十二月号掲載の一色真理論に加筆修正を加えたものです。

自筆年譜

一九四六年（〇歳）〜一九五八年（十二歳）

名古屋市に生まれる。父親につけられた名前は眞理（しんり）だったが、本籍にはルビがなかったので現在は「まこと」と読み替え、パスポートも「MAKOTO ISSHIKI」を名乗る。「真理」は筆名。椙山女学園附属幼稚園を経て、名古屋市立田代小学校入学。父親の精神的不安定と独裁的支配に家族全体がたえず悩まされる。そのため幼稚園から小学校卒業まで学校緘黙症となり、教室ではひとことも口をきかずに過ごすが、見たものをそのまま写真のように記憶できる能力があり、クラスでは一番の成績だった。小学四年生のとき日本空飛ぶ円盤研究会に入会し、その後同会の名古屋支部を名乗る。日本UFO科学協会、宇宙友好協会、新しい宇宙の会など主要なUFO研究団体に所属。自らも小学五年生のとき、自宅でUFOを目撃した。

一九五九年（十三歳） 私立東海中学入学。浄土宗立であるが受験名門校でもあった。周囲が自分を全く知らない子供たちばかりとなったことから、それまでの自分からの脱出を決意。寡黙ではあったが、普通に会話するようになる。だが、それとひきかえに記憶能力を喪失し、入学時クラスで一番だった成績が二八番まで急降下する。

一九六二年（十六歳） 東海高校入学。国語では学年トップ、猛勉強しても数学はビリという極端な成績だった。父親が理数系進学を望んだため、無意識にそれに反抗したためだろうか。

一九六三年（十七歳） 父親はなおも国立大理系への進学を望んだが、最も父親の意思とは反する道へ進むため、早稲田大学第一文学部ロシア文学専修を目指すことを決意。文学書を乱読し、自らも詩や小説のようなものを書き始める。

一九六四年（十八歳）「SFマガジン」八月臨時増刊号

にショートショート「復活魔術」が掲載される。

一九六五年（十九歳）早稲田大学第一文学部ロシア文学専修入学。早稲田詩人会に入部し、詩誌「早稲田詩人」「27号室」に拠り本格的に詩作を始める。十二月に早大闘争が始まり、半年以上にわたり学部閉鎖が行われたため、以後卒業まで殆ど授業に出ず、毎日のようにデモに行き、あとは学生会館二十七号室の詩人会の部室にこもる。

一九六六年（二〇歳）大谷征夫、堀内統義らと同人誌「新世代」創刊。第一詩集『戦果の無い戦争と水仙色のトーチカ』（新世代工房）刊。

一九六八年（二二歳）早稲田詩人会を母体に早稲田大学、大妻女子大学の学生らと詩劇のための劇団「0《ラブ》」を結成。座付き作者兼役者を務める。谷口利男らの同人誌「かいえ」、蔵持不三也らの同人誌「ガラスの首」に参加。

一九六九年（二三歳）大学卒業。卒論のテーマは「マヤコフスキーにおけるニヒリズムの構造」。筑摩書房の「展望」一月号にエッセイ「何ものでもない存在から」掲載（後に松田道雄編『私のアンソロジー』収録）。倉内知生（智男）と共に鮎川信夫の寄稿を得て、同人誌「異神」（後にたなかあきみつ、岡島弘子、堀内統義、大谷征夫、十村耿らが参加）創刊。名古屋の実家に戻り、地元企業に就職。

一九七〇年（二四歳）家出をして、東京に戻る。宝飾ファッション誌「れ・じゅわいよ」編集部勤務。

一九七一年（二五歳）印刷研究社編集部に転職。同僚に詩人・根本明がいた。岡島弘子と結婚。

一九七二年（二六歳）「詩学」「詩と思想」に書き始める。第二詩集『貧しい血筋』（冬至書房）刊。長男・真弘《まさひろ》誕生。

一九七三年（二七歳）「詩芸術」に評論「『荒地』について」連載。草思社編集部に入社し、ヤマハのPR誌「ピアノの本」「はあもにい」等の編集を手がけつつ、コピーライターとして活動。

一九七四年（二八歳）「詩学」にエッセイ「マヤコフスキーについての立ち話」連載。

一九七五年（二九歳）西一知らと同人誌「舟」を創刊。

「詩学」にエッセイ「マヤコフスキー覚書」連載。

一九七六年（三〇歳）「詩学」投稿欄選者。

一九七七年（三一歳）武田肇らの同人誌「防人」に参加。

一九七八年（三二歳）「詩学」で「詩誌月評」連載。

一九七九年（三三歳）第三詩集『純粋病』（詩学社）刊。

一九八〇年（三四歳）無限現代詩アカデミー講師。詩集『純粋病』で第三〇回H氏賞受賞。（『純粋病』から『DOUBLES』までの四冊は、奥付では〝作品集〟と表記されている）

一九八一年（三五歳）「子どもの館」六月号、八月号に童話「ふたりだけの秘密」「心臓のかたちをしたピアノ」発表。

一九八二年（三六歳）井辻朱美らと同人誌「黄金時代」創刊。無限新人賞選考委員。第四詩集『夢の燃えがら』（花神社）刊。

一九八三年（三七歳）「短歌現代」にコラム「詩壇」を連載。

一九八四年（三八歳）第五詩集『真夜中の太陽』（花神社）刊。「詩と思想」新人賞選考委員。「詩と思想」にマンガ時評連載。第一回アジア詩人会議シンポジウム「東洋と西洋の対話」パネリスト。

一九八五年（三九歳）「そんざい」に評論「詩が痛みの中で試される」連載。「詩と思想」新人賞選考委員。「詩と思想」に詩集評連載。

一九八六年（四〇歳）H氏賞選考委員。

一九八七年（四一歳）「詩学」に「私の事件解釈ノート」連載。町田第一生命ホールで詩と音楽と舞踏による「あそんで・ポエマ」構成と司会を担当。日本ロシア文学会で講演「ロシア未来派と私」。半自伝小説『歌を忘れたカナリヤは、うしろの山へ捨てましょか』（NOVA出版）刊。日本現代詩人会理事。地球賞選考委員。

一九八八年（四二歳）「詩と思想」にコミック時評連載。フィナール詩展（後にヴィジュアル詩展）にこの年から参加。日本文芸鑑賞事典八巻・十二巻・十三巻・二十巻に執筆。世田谷文学館で島田璃里、藤富保男らと

「デュシャンに捧げるサティのソクラテスによる自動記述式ポエム」に出演。

一九八九年（四三歳） 第六詩集『ＤＯＵＢＬＥＳ』（沖積舎）刊。島田璃里らと横浜・今野アートサロンで定期的に、詩と音楽と舞踏による「混乱ダブルス」開催。ＣＢＳ　ＳＯＮＹの依頼によりＣＤ「アーバン・クラシック」１～３に、ライナーノーツとして詩を提供。クリスマスイヴに新大久保・労音会館で島田璃里、秋山祐徳太子らと「エリック・サティの晩餐会」に出演。

一九九〇年（四四歳） 銀座ソニービルＳＯＭＩＤＯで島田璃里、藤富保男らと「詩劇的サティ・ソクラテス」、京大西部講堂で島田璃里、岡島弘子らと二十四時間コンサート「エリック・サティの祝祭日」、ＳＯＭＩＤＯで島田璃里、雑賀バレエ団らとコンサート「スコットランド幻想」に出演。東京・ダイヤモンドホテルでの地球社主催「世界詩人シンポジウム」に参加。

一九九一年（四五歳） 国立音楽大学講堂小ホールで山口博史、斎藤淳子らとジョン・ケージに捧げる「風景の内側と外側で」に出演。ＳＯＭＩＤＯで島田璃里、村田青朔らとＸｍａｓパーティ・コンサート「エリック・サティの降誕祭」に出演。

一九九二年（四六歳） Ｈ氏賞選考委員。地球賞選考委員。目黒区市民会館で藤富保男、岡島弘子らと「見る・聞く・感じる現代詩」に、ＳＯＭＩＤＯで島田璃里、加藤幸子らと「グリーンボックスのクリスマスプレゼント」に出演。

一九九三年（四七歳） フィナール詩展がヴィジュアル詩展へと発展的解消したことから、フィナール画廊での第一回展及び前橋・煥乎堂でのイベント「詩を見る・詩を聞く・詩を遊ぶ」に参加。ＳＯＭＩＤＯでムットーニ、島田璃里と、詩と映像の冒険「鳥たちに聞いた話」に出演、また島田璃里、加藤幸子らと「動物たちの地球環境国際会議前夜祭」に参加。「詩と創造」に現代詩時評連載。

一九九四年（四八歳） アートミュージアム銀座での「詩人によるアートフェスティバル」にヴィジュアル詩を

出品。岡山での能登勝による「地下映画上映会」に電話を通じた音響効果で東京から遠隔参加。電子ネット上での共同夢日記「夢の解放区」創設。

一九九五年（四九歳） SOMIDOで島田璃里、「夢の解放区」メンバーと共に「四次元能・城」、及びイベント「夢の中のもう一人の私」上演。日韓戦後世代一〇〇人詩選集『青い憧れ』（書肆青樹社）に参加し、韓国を訪問。日本現代詩人会理事長。

一九九六年（五〇歳） 前橋での「世界詩人会議」に参加し、分科会「ハイテク時代と詩」のコーディネーターを務める。フランス・パリでのVISION展にヴィジュアル詩を出品。

一九九七年（五一歳） 第七詩集『元型』（土曜美術社出版販売）刊。「夢の解放区」メンバーの共著による夢のアンソロジー『夢の解放区』（パロル舎）刊。フランス・パリのサテリット画廊での「詩人の眼」展に出品。島田璃里著・演奏のCDブック『歌う鳥、さえずるピアノ』（草思社）を企画編集。そのプロモーションのため著者と共に全国各地でイベントを展開。

一九九八年（五二歳） 横浜STスポットで横浜舞踏公演に朗読で参加。新宿OZONE及び弘前ビブレ「想像者の椅子展」で自らの設計した椅子を展示。公益信託現代詩人賞運営委員。岡島弘子との共同ホームページ「詩・夢・水平線」立ち上げ。パリ・サテリット画廊でのグループ展が「ヴィジュアル・ポエジー・パリ展」と改称され、これ以後毎回ヴィジュアル詩を出品。

一九九九年（五三歳） H氏賞選考委員。「詩と思想」編集委員。

二〇〇〇年（五四歳）「詩と思想」研究会講師。「投壜通信」で同人詩誌評連載。東京・ダイヤモンドホテルでの世界詩人祭で分科会「情報化社会と詩人」のコーディネーターを務める。

二〇〇一年（五五歳） 地球賞選考委員。アトリエ夢人館で「夢の解放区展」開催。

二〇〇二年（五六歳）「公明新聞」に半年間エッセイ「夢を楽しむ」を連載。

二〇〇三年（五七歳） 地球賞選考委員。

二〇〇四年（五八歳） 現代詩人賞選考委員。旧知のピアニスト三輪郁の自伝『やっぱりピアノが好き』（土曜美術社出版販売）を企画編集。地球賞選考委員。第八詩集『偽夢日記』（土曜美術社出版販売）刊。「投壜通信」で岡島弘子との連作詩を連載。

二〇〇五年（五九歳） 日本詩歌文学館の常設展「いのちの詩歌」に作品を出品。銀座ギャラリー志門での「夜の会」朗読会に参加。地球賞選考委員。ブログ「ころころ夢日記」開設。

二〇〇六年（六〇歳） 詩「学校」が間宮芳生によって作曲され、青山恵子リサイタル「間宮芳生の世界――韻の躍動」で初演される。メーリングリスト「夢の解放区」終了。

二〇〇七年（六一歳） 「詩と思想」編集長。スペースWA！での「ヒポカンパス解散記念朗読会」に参加。

二〇〇八年（六二歳） ピアニスト泊真美子のCD『泊真美子二大ピアノソナタを弾く』（ナミ・レコード）に解説を執筆。

二〇〇九年（六三歳） 岡島弘子、長野まゆみらと第一回野川朗読会開催。公益信託平澤貞二郎記念基金運営委員。草思社の業務を引き継いだSCRコミュニケーションズを退職。

二〇一〇年（六四歳） 泊真美子のCD『ベートーヴェンピアノソナタ「熱情」「悲愴」「ワルトシュタイン」』（ナミ・レコード）に解説を執筆。相沢正一郎、伊藤浩子、岡島弘子と同人誌「そうかわせみ、」創刊。

二〇一一年（六五歳） 第九詩集『エス』（土曜美術社出版販売）刊。ePubブックストアより電子ブック『一色真理の夢千一夜』刊。

二〇一二年（六六歳） 「公明新聞」に「ことばの玉手箱」リレー連載。詩集『エス』で第四五回日本詩人クラブ賞受賞。国立音楽大学講堂小ホールで山口博史、斎藤淳子らと共にケージ&ナンカロウ生誕一〇〇年・現在への射程「ジョンについてニュースがあります」に出演。

新・日本現代詩文庫 108 一色《いっしき》真理《まこと》詩集

発行 二〇一三年五月三十日 初版

著者 一色真理
装幀 森本良成
発行者 高木祐子
発行所 土曜美術社出版販売
〒162-0813 東京都新宿区東五軒町三—一〇
電話 〇三—五二二九—〇七三〇
FAX 〇三—五二二九—〇七三二
振替 〇〇一六〇—九—七五六九〇九

印刷・製本 モリモト印刷
ISBN978-4-8120-2050-0 C0192

新・日本現代詩文庫

土曜美術社出版販売

(91) 前川幸雄詩集　解説　吉田精一・西岡光秋
(92) なべくらますみ集　解説　佐川亜紀・和田文雄
(93) 津金充詩集　解説　松本恭輔・森田進
(94) 中村泰三詩集　解説　宮澤章二・野田順子
(95) 和田攻詩集　解説　稲葉嘉和・森田進
(96) 藤井雅人詩集　解説　菊田守・瀬崎祐
(97) 馬場晴世詩集　解説　久宗睦子・中村不二夫
(98) 鈴木孝詩集　解説　野村喜和夫・長谷川龍生
(99) 久宗睦子詩集　解説　伊藤桂一・野仲美弥子
(100) 水野るり子詩集　解説　尾世川正明・相沢正一郎
(101) 岡三沙子詩集　解説　金子秀夫・鈴木比佐雄
(102) 星野元一詩集　解説　鈴木漠・小柳玲子
(103) 清水茂詩集　解説　北岡淳子・川中子義勝
(104) 山本美代子詩集　解説　安水稔和・伊勢田史郎
(105) 武西良和詩集　解説　細見和之
(106) 竹川弘太郎詩集　解説　暮尾淳
(107) 酒井力詩集　解説　鈴木比佐雄・宮沢肇
(108) 一色真理詩集　解説　伊藤浩子
(109) 郷原宏詩集　解説　荒川洋治
(110) 永井ますみ詩集　解説　有馬敲・石橋美紀
(111) 阿部堅磐詩集　解説　里中智沙・中村不二夫

〈近刊〉

(112) 新編石原武詩集　解説　秋谷豊・中村不二夫
(113) 長島三芳詩集　解説　平林敏彦・禿慶子
(114) 柏木恵美子詩集　解説　〈未定〉
(115) 戸井みちお詩集　解説　〈未定〉

〈以下続刊〉

近江正人詩集　解説　〈未定〉
瀬野とし詩集　解説　〈未定〉
新編石川逸子詩集　解説　〈未定〉

(1) 中原道夫詩集
(2) 坂本明子詩集
(3) 高橋英司詩集
(4) 前原正治詩集
(5) 三田洋詩集
(6) 本多寿詩集
(7) 小島禄琅詩集
(8) 新編菊田守詩集
(9) 出海溪也詩集
(10) 柴崎聰詩集
(11) 相馬大詩集
(12) 桜井哲夫詩集
(13) 新編島田陽子詩集
(14) 新編真壁仁詩集
(15) 南邦和詩集
(16) 星雅彦詩集
(17) 井之川巨詩集
(18) 新々木島始詩集
(19) 小川アンナ詩集
(20) 新編井口克己詩集
(21) 新編滝口雅子詩集
(22) 谷　敬詩集
(23) 福井久子詩集
(24) 森ちふく詩集
(25) しま・ようこ詩集
(26) 腰原哲朗詩集
(27) 金光洋一郎詩集
(28) 松田幸雄詩集
(29) 谷口謙詩集
(30) 和田文雄詩集

(31) 新編高田敏子詩集
(32) 皆木信昭詩集
(33) 千葉龍詩集
(34) 新編佐久間隆史詩集
(35) 長津功三良詩集
(36) 鈴木亨詩集
(37) 埋田昇二詩集
(38) 川村慶子詩集
(39) 新編大井康暢詩集
(40) 米田栄作詩集
(41) 池田瑛子詩集
(42) 遠藤恒吉詩集
(43) 五喜田正巳詩集
(44) 森常治詩集
(45) 和田英子詩集
(46) 伊勢田史郎詩集
(47) 鈴木満詩集
(48) 曽根ヨシ詩集
(49) 成田敦詩集
(50) ワシオ・トシヒコ詩集
(51) 高田太郎詩集
(52) 大塚欽一詩集
(53) 香川紘子詩集
(54) 井元霧彦詩集
(55) 高橋次夫詩集
(56) 上手宰詩集
(57) 網谷厚子詩集
(58) 門田照子詩集
(59) 水野ひかる詩集
(60) 丸本明子詩集

(61) 村永美和子詩集
(62) 藤坂信子詩集
(63) 門林岩雄詩集
(64) 新編原民喜詩集
(65) 新編濱口國雄詩集
(66) 日塔聰詩集
(67) 武田弘子詩集
(68) 大石規子詩集
(69) 吉川仁詩集
(70) 尾世川正明詩集
(71) 岡隆夫詩集
(72) 野仲美弥子詩集
(73) 葛西洌詩集
(74) 只松千恵子詩集
(75) 鈴木哲雄詩集
(76) 桜井さざえ詩集
(77) 森野満之詩集
(78) 坂本つや子詩集
(79) 川原よしひさ詩集
(80) 前田新詩集
(81) 石黒忠詩集
(82) 壺阪輝代詩集
(83) 若山紀子詩集
(84) 香山雅代詩集
(85) 古田豊治詩集
(86) 福原恒雄詩集
(87) 黛元男詩集
(88) 山下静男詩集
(89) 赤松徳治詩集
(90) 梶原禮之詩集

◆定価（本体1400円＋税）